하드 럭
하드보일드
Hard Luck
Hard-boiled

HARD-BOILED / HARD LUCK
by Banana YOSHIMOTO, drawings by Yoshitomo NARA

Copyright © 1999 by Banana Yoshimoto
All rights reserved.
Japanese original edition published by rockin'on inc., Tokyo.

Cover Design and Illustration © by Yoshitomo Nara

Korean Translation Copyright © Minumsa 2002, 2017

Korean translation rights arranged with
Banana Yoshimoto through ZIPANGO, S.L.

이 책의 한국어 판 저작권은 ZIPANGO, S.L.을 통해
Banana Yoshimoto와 독점 계약한 **(주)민음사**에 있습니다.

저작권법에 의해 한국 내에서 보호를 받는 저작물이므로
무단 전재와 무단 복제를 금합니다.

하드보일드 하드 럭

요시모토 바나나
Yoshimoto Banana

민음사

차례

하드보일드

사당 · 9
호텔 · 19
꿈 · 25
방문객 · 34
다다미방 · 65
다시 꿈 · 74
아침 햇살 · 79

하드럭

11월에 대해서 · 85
별 · 112
음악 · 121

옮긴이의 말 · 137

사당

 나는 정처 없이 나 홀로 여행을 하고 있었는데, 어느 오후, 그 산길을 걷고 있었다.
 국도에서 길 하나 산 쪽으로 들어선, 울창한 숲에 에워싸인 싱그러운 길이었다.
 나는 빛과 그림자가 빚는 아름다운 무늬를 보면서 그 길을 걷기 시작했다.
 처음에는 아주 느긋한, 산책이라도 나선 듯한 기분이었다.
 지도를 보니, 그 길은 국도와 합류하는 하이킹 코스라

고 표시되어 있었다.

봄처럼 따스한 오후의 햇살 속에서, 나는 기분 좋게 걸었다.

그런데 생각했던 것보다 길은 험하고, 비탈길도 무척 많았다.

그렇게 열심히 걷다 보니 해는 점점 기울고, 선명한 쪽빛 하늘에는 어느 사이엔가 보석처럼 또렷한 빛을 띤 초저녁 샛별이 반짝이고 있었다. 아직은 엷은 분홍색을 남기고 있는 서편 하늘에서는, 깊은 가을의 가느다란 구름이 포근한 색으로 물들었다가 점차 어둠에 묻혀가고 있었다. 달도 떠 있었다. 손톱처럼 가는 달이었다.

「마냥 이대로 가면, 언제쯤에나 도착할 수 있을까?」

나는 혼자서 중얼거렸다. 너무 오래 말없이 걸어서, 자기 목소리를 잊어버릴 것 같았다. 무릎도 뻐근하고 발가락 끝이 아파오기 시작했다.

「호텔을 잡아두길 잘했지. 저녁 시간 때 도착하기는 어렴도 없겠어」

미리 전화를 걸었지만, 산이 너무 깊어 휴대 전화가 터지지 않았다. 갑자기 배도 고팠다. 이제 조금만 더 가면, 내가 예약해 둔 호텔이 있는 조그만 동네에 도착할

듯싶었다. 그러면 그 동네에서 뭐 따뜻한 것이라도 먹어야지, 나는 그렇게 생각하고 발길을 재촉했다.

가로등 불빛이 닿지 않는 약간 으슥한 커브 길을 돌 때, 불현듯 굉장히 불길한 느낌이 들었다. 공간이 물컹 뒤틀리고, 걸어도 걸어도 앞으로 나아가지 않는 듯한 착각에 사로잡혔다.

나는 초능력 같은 것은 전혀 없지만, 언제부터인가 눈에 보이지 않는 것을 조금씩 느끼고 있었다.

나는 여자이면서도, 딱 한 번 여자와 사귄 적이 있다. 그 사람은 눈에 보이지 않는 것을 보았다. 같이 살면서 덩달아 따라하게 된 것인지 훈련이 된 것인지, 나도 어떤 기운을 느낄 수 있게 되었다.

그녀하고는 몇 년 전에, 드라이브를 하러 나갔다가 이런 산길에서, 영원히 헤어졌다. 그날은 내가 운전을 했었다. 그녀는 이제 같은 집으로 돌아갈 수 없다면, 한동안 자기 혼자 여행을 하다가 돌아가겠노라며, 그곳에서 내려달라고 애원하였다. 진심이었다. 어쩐지 짐이 많더라 했지, 라고 나는 말했고, 여행을 떠나기 전부터 그녀는 이미 같이 돌아갈 생각이 없었다는 것을 깨달았다. 내가 그녀의 방을 떠난다는 것은 그녀에게, 내가 생각했던 것보다 중대한 배신이었다. 아무리 얘기를 해도 그녀의 결심은 굳었다. 내가, 여기서 내려주지 않으면 나를 죽이려 들지도 모르겠다, 고 생각할 만큼.

그녀는 말했다.

네가 집을 나서는 모습을 보고 싶지 않아, 절대로. 천천히 돌아갈 테니까 먼저 가. 그리고 내가 돌아갈 즈음에는, 네 짐 남김없이 다 치워두고, 라고.

나는 그렇게 했다. 그녀의 차였는데, 그렇게 했다.

헤어질 때의 그, 얼굴. 적막한 눈, 얼굴을 가린 머리칼. 백미러에 비쳤던 그 베이지색 코트. 산의 푸르름에 삼켜져 버릴 것만 같았던 그녀란 존재. 언제까지고 하염없이 손을 흔들었다. 언제까지고 거기에서 나를 기다리고 있을 것만 같았다.

어떤 사람에게는 아무것도 아닌 일이, 다른 어떤 사람에게는 죽음과 똑같을 만큼 괴로울 수도 있다. 나는 그녀의 인생에 대해서 잘 알지 못했다. 하지만, 누군가가 눈앞에서 짐을 꾸려 자기 집을 떠나버린다는 것이 그렇게 괴로운 일인지, 이해할 수 없었다. 그것을 성격이 안 맞는다고 하는지는 모르겠다. 나는 살 곳이 없어서 그녀를 이용하였다. 사실 여자인 그녀와 오래도록 사귀고 싶은 마음은 없었다. 그때 같이 살던 그녀가 나를 좋아했기 때문에 육체 관계에 응했을 뿐이었다. 하지만 그녀는 그렇지 않았다는 것을 알았다. 아니, 알고 있으면서 모르는 척하고 있었다. 나는 깊이 반성하였다. 그녀는, 어찌해야 좋을지 모를 기억으로 내 안에 유보된 채 남아 있었다.

추억은 갖가지 영상 덩어리가 되어 가차없이 나의 마음을 짓눌렀다.

나는 정신을 가다듬고 열심히 걸으려고, 문득 앞을 보았다. 거기에는 정체 모를 사당(祠堂) 같은 것이 있었다. 지장보살이 있는 것도 아니고, 그렇다고 다른 어떤 상이 있는 것도 아니었다. 덩그런 사당에, 종이로 접은 학과 꽃과 술이 그 제단을 장식하고 있고, 어느것이나 새것은 아니었다. 나는 문득 떠오른 생각을 멈출 수가 없었다.

「이 언저리에 있었던 엄청나게 사악한 존재가 여기에 잠들어 있는 거야, 틀림없어」

왜 그런 생각을 했는지는 설명할 수 없다. 원래는 지장보살이라든가 다른 어떤 것이 있었는데 무너져버렸을 뿐인지도 모른다. 누군가가 가지고 가버렸을 뿐인지도 모른다. 그렇게 생각하려고 했다. 하지만 아니었다. 아무리 생각해도, 거기에는 아주 묵직한 염(念)이 몇 겹이고 쌓여 농밀한 덩어리가 된 듯한 기운이 감돌고 있었다. 너무도 섬뜩한 기분에, 나는 들여다보고 말았다.

찬찬히 들여다보니 한가운데에 조그만 달걀 같은 까만 돌이 열 개, 고리 모양으로 놓여 있었다. 그 또한 아주 불길한 느낌이 들었다.

나는 가능한 한 그곳을 보지 않고 잰걸음으로 그 자리를 떠났다. 여행을 하다 보면 가끔 그런 일이 있었다. 이 세상에는 알 수 없는 뭔가가 모여 있는 장소가 반드시 존재하고, 보잘것없는 개인은 그런 곳에 될수록 관여하지 않는 편이 좋다.

언젠가, 발리와 말레이시아에서 봤던 소름이 쫙 끼치는 동굴과, 캄보디아와 사이판에서 느꼈던, 전쟁이 남긴 절실하고도 암울한 염으로 가득한 많은 장소들이 떠올랐다. 아버지의 일 때문에, 어렸을 때부터 그 비슷한 장소를 접할 기회가 많았다는 것도 그런 데 감이 좋아진 한 이유인지도 모르겠다. 그러고 보니, 왠지 기분 나쁜 장소로군, 하고 생각한 곳에는, 들어보면 대개 사고나 사건이 있었다.

그러나 나는 살아 있는 인간이 가장 무섭다. 살아 있는 인간에 비하면, 장소는 아무리 소름 끼쳐도 장소에 지나지 않고, 아무리 무서워도 유령은 죽은 인간에 불과하다고 생각하고 있었다. 제일 무서운 발상을 하는 것은 늘 살아 있는 인간이라고 생각했다.

모퉁이를 돌자, 어깨에서 불길한 느낌이 쓰윽 빠져나가고, 다시금 고적한 밤의 기운이 나를 감쌌다.

밤이 툭, 장막을 내려뜨리고, 사방은 상쾌하고 맑은 공기로 가득했다. 바람이 불자, 어슴푸레한 어둠 속, 알록달록 단풍 진 낙엽이 이쪽으로 휘날리고, 아름다운 꿈이 자아내는 옷감에 휘감겨 있는 듯한 기분이었다.

그래서 나는 무서움을 말끔하게 잊고, 계속 걸었다.

이윽고 비스듬한 내리막이 되면서 길이 넓어졌다. 그리고 나무 그림자 사이로 불빛이 많이 보인다 싶더니, 불쑥 조그만 동네에 도착했다. 길 양쪽 가에 조막조막한 가게가 늘어서 있고, 역무원 없는 플랫폼은 불빛만 휘황하고 사람의 모습은 거의 보이지 않았지만, 집집마다 불이 켜져 있었다.

선술집에는 일을 끝낸 동네 아저씨들이 왁자지껄 모여 있어 들어가기가 머쓱하고 그래서, 나는 허름한 우동집에 들어가기로 했다.

우동집 아저씨는 이제 가게 문을 닫으려는 참인데 웬 손님이냐는 듯 성가셔했지만, 억지로나마 어서 오라고 말해 주었기에, 걷기에 지쳐 어디든 앉고 싶었던 나는 안으로 들어갔다.

콘크리트 바닥에 테이블이 네 개밖에 없는 조그만 가게였다. 백 년 전부터 텅 빈 채 자리만 지키고 있는 듯한 칠미(七味) 고춧가루병이 테이블 위에 놓여 있었다.

아저씨는 잰 손놀림으로 우동을 삶더니, 예 있수, 하며 내 앞에 놓았다. 텔레비전의 쇼 프로그램 소리가 가게 안에 흐르고 있었지만, 그게 오히려 적막한 분위기를 도드라지게 하고 있었다. 나는 우동의 너무도 맛없음에 푸르르 떨면서, 맥주 좀 주세요, 라고 말해 보았지만, 없다는 소리만 들었다. 이럴 줄 알았으면, 비싸고 맛없는 줄은 알지만 호텔 레스토랑에서 먹을 걸 그랬다……, 고 생각했다.

아저씨는 이제나저제나 내가 다 먹기를 기다리고 있고, 우동은 미적지근한 데다 맛이 없고, 더구나 뚝뚝 끊어져 먹기도 힘들었다. 나는 기분 전환 삼아 호텔이 어디에 있는지나 조사해 볼까 하고 주머니에 손을 넣어 지도를 꺼냈다. 그러자, 투두둑, 하는 소리가 나면서 뭔가가 바닥에 떨어졌다.

나는 소스라치게 놀랐다.

그것은, 저, 불길한 사당에 있었던 것과 똑같은, 달걀 모양의 검정 돌이었다.

설마, 그건 아니겠지, 우연이겠지, 하고 생각하려 했지만 납득이 안 갔다. 설마, 그때, 무서움에 정신이 깜박하여 제 손으로 주머니에 집어넣고는 잊어버렸나? 그렇게도 생각해 보려 했지만, 그럴 수도 없었다. 만약 그렇다면 내 자신을 두려워하게 되는데, 그 편이 오히려 이 무서움보다는 훨씬 낫겠다고 생각했다.

나는 착잡한 기분으로 잠시 그 돌을 쳐다보다가, 그만 잊고 이 썰렁한 우동집을 떠나기로 하였다. 더 이상 따라오지 마, 라고 생각하면서.

마음속 이성적인 면은,「돌이 제 발로 걸어 들어올 리 없지, 아까 점심 삼아 한데서 도시락을 먹었는데, 그때 어떻게 들어온 다른 돌이겠지」하고 얘기하고 있었지만, 더 이상 깊이 생각하지 않기로 했다.

어서 호텔에 도착하여 방에 들어가고 싶었다. 텔레비전도 보고, 머리도 감고, 차도 마시고, 일상적인 일들을 일상적으로 하자고 생각했다. 그렇지, 호텔에는 온천도 있다고 씌어 있었다. 따끈한 물에 몸을 담그고…….

 아저씨가 가게 안을 청소하기 시작하여, 나는 우동을 남기고 일어섰다. 아저씨가 쥐고 있는 빗자루에 아까 그 돌이 데구르르, 가게 끝으로 쓸려 나가는 것을 마지막으로 힐끗 보았다.

호텔

 프런트는 이미 어둡고, 로비에 깔려 있는 지저분한 카펫에서는 곰팡내가 났다. 하지만 이런 곳에 머무는 데에는 이력이 나 있어 아무렇지도 않았다. 아무튼 도착했다는 기쁨으로 충만했다.
 몇 번이나 벨을 누른 후에야 간신히 안쪽 다다미방에서 아줌마가 나왔다. 50대 중반 정도의 야윈 아줌마는 눈빛이 날카로웠다.
 아줌마는 왜 이리 늦게 도착했느냐고 말하고 싶은 듯한 표정이더니, 내가 밥을 먹지 않았다고 하자 갑자기

친절해졌다.

레스토랑은 10시까지 하니까, 지금 곧바로 가면 시간이 늦지는 않겠지만, 만약 확실하게 내려올 것 같으면 사정을 얘기하고 열어놓으라고 할 테니까, 일단 방으로 올라가서 짐을 두고 와요, 이 근방에 있는 유일한 라면집은 오늘이 정기 휴일이거든요, 라고 아줌마는 말했다.

나는, 바로 내려올 테니까 부탁할게요, 라고 말하고 방으로 올라갔다.

짐을 내려놓고, 땀 냄새 나는 신발을 벗고, 서둘러 밑으로 내려갔다.

물론, 그 어두컴컴한 레스토랑에는 손님이 나밖에 없었다. 테이블 위에 놓인 묘한 꽃병에는 조화가 꽂혀 있었다. 난이었다. 꽃무늬 접시에 담긴 포타주 수프에서는 통조림 맛이 났다. 일본 사람들은 언제 어디서 어쩌다가 이런 것들을 품위의 기본 장비라고 여기게 된 것일까? 하지만, 수프와 딱딱한 빵과 작은 사이즈의 맥주는 내 위를 녹여주었다.

창밖으로 어두운 산과 어두운 동네가 보였다. 점점이 서 있는 가로등 불빛이 저 멀리까지 보였다. 나는 그 어느 곳도 아닌 곳에 와버린 듯한 기분이 들었다. 이제 어디로도 돌아갈 수 없을 듯한 기분이었다. 그 길은 어디와도 이어져 있지 않고, 이 여행에 끝은 없고, 아침은 두 번 다시 오지 않을 것만 같았다. 그리고, 유령의 마음을 알 것 같았다. 그들은 이런 시간에 영원히 갇혀 있는 게 아닐까. 그러고는, 나는 왜 유령의 마음에 대해서 생각하는 것일까, 하고 이상하게 생각했다. 피곤한 모양이었다.

문득, 창밖을 보니, 하늘이 조금 밝았다. 그리고 창문 아래로 소방차와 구급차가 요란스레 지나갔다. 불길한 예감이 들어 자리에서 일어나, 음식 값을 계산했다.

잠옷을 들고 욕탕에 가려고 프런트 앞을 지나는데, 아까 그 아줌마가 으스스 몸을 떨며 밖에서 들어왔다.

「무슨 일이에요?」

나는 물었다.

「우동집에 불이 났다네요」

아줌마가 말했다. 아아, 어떻게 그런 일이, 하고 생각하며, 나는 물었다.

「누가 돌아가셨나요?」

내 놀라하는 모양을 빤히 쳐다보면서 아줌마는 잠시 말이 없었다. 나는 덧붙였다.

「아까, 우동을 먹었거든요. 다 못 먹고 그냥 나왔는

데, 설마, 그 가게가 아닌가 싶어서」

「손님, 저녁 안 먹었다고…… 아아, 하긴, 그렇겠죠. 거기 맛없으니까, 이 동네 사람들도 안 가는데, 도회지 사람 입에 맞을 리가 없죠. 그랬을 거예요」

아줌마가 말했다. 아줌마, 상당히 날카롭네! 하고 나는 생각했다. 안 그래도 뒷맛이 개운치 않은데, 하고 싶지 않은 말을 대신해 주었다.

「다친 사람은 아무도 없대요. 거긴 주인 아저씨 혼잔데, 다행히 화를 면했다는군요. 가게 난로, 뒷마무리를 제대로 안해서 그랬다는데, 큰불은 아니었던 모양이에요」

아줌마는 웃었다.

「손님 탓이 아니니까, 다녀와요」

아니, 제 탓인지도 모르겠네요, 왠지 그냥 그렇다는 거지만…… 하고 나는 생각했다.

그리고 욕탕으로 갔다. 사실은 도망치고 싶었다. 다른 곳으로, 오늘이 아닌 시간 속으로. 그러나 나는 이 밤에, 이 적막하고 야릇한 분위기 속에 온몸이 빠져들어 있었다. 이미 눈에 비치는 모든 것에 필터가 끼여 있어, 아무것도 제대로 생각할 수 없었다. 그런 기분이 들었다.

이 밤의 힘에 사로잡히고 말았다.

따끈한 물로 찰랑찰랑한 조그만 욕조 속, 물에 흔들리는 낡은 타일의 예쁜 무늬를 보고 있으려니, 기분이 조금 느긋해졌다.

뜨거운 물이 피곤한 몸과 아픈 다리에 스며들었다. 형광등 빛 아래에서, 천천히 몸을 씻었다.

어서 아침이 되었으면 싶었다. 온천 물에 몸을 담그듯, 저 눈부신 모든 것을 잠재워 줄 아침 햇살에 몸을 드러내고 싶었다. 마치 높은 열에 시달릴 때 일상적인 생활을 떠올릴 수 없는 것처럼, 이 밤 속에서만 지금을 살 수 있다는 것을 알고 있기 때문이다.

얼굴을 식히려고 창문을 열었다. 밖은 어둡고 고요하고, 별이 싸늘하게 빛나고 있었다. 나무들은 끈적한 어둠에 포박된 듯 가지를 조금도 흔들지 않고, 시간은 정지해 있었다.

마치 치즈루와 함께했던 시간 같았다.

왜 오늘은, 이렇듯 그녀 생각이 나는 것일까, 하고 나는 생각했다.

고개를 숙이니 자신의 알몸이 보였다. 별로 달라지지

않은 하얀 다리와 배, 손톱 모양이 보였다. 그리고 갑작스럽게 생각났다. 그랬구나, 오늘은 그녀의 기일이었다.

나는 밤하늘의 조그만 별에게, 그녀의 명복을 빌었다.

그녀의 선했던 부분을, 귀중했던 성격을, 가녀린 모습을, 아무쪼록 신도 이해해 주십사 하고. 그녀에게는 가장 부드러운 천창이 달린 침대를. 제일 달콤한 천국의 술을. 가장 편안한 환생을. 내 목숨을 1년 정도 줄여도 좋으니까, 어차피 난 오래 살 것 같으니, 부탁합니다, 하고.

꿈

 온천욕으로 몸의 피로가 완전히 풀린 데다 냉장고에 들어 있는 시원한 술을 마신 덕분에 나는 금방 침대에 쓰러져 눕고 말았다. 짐도 풀지 않고, 호텔에 준비되어 있는 잠옷을 입고서, 침대 옆 스탠드의 불을 끄는 것도 잊고, 잠의 세계에 빠지고 말았다. 방에는 침대밖에 없고, 창밖은 뒷산이었다. 이제 눈을 뜨면, 이, 햇볕에 바랜 커튼으로 아침 햇살이 비칠 거라고 생각하면서 잠에 빠져들었다. 오늘 겪은 다소 섬뜩한 일들도, 이미 지나간 일이 되어 있을 것이다…… 잠들기 직전에 머리를 스친 그 생각은 나를 안심시켜 주었다.

그러나 세상은 그렇게 만만하지 않았다.

시간은, 늘어났다 줄어든다. 늘어날 때에는 마치 고무처럼, 그 팔 안에 영원히 사람을 가두어둔다. 그리 쉽사리 풀어주지 않는다. 아까 있었던 곳으로 다시 돌아가, 걸음을 멈추고 눈을 감아도 1초도 움직이지 않는 어둠 속에 사람을 내버려두곤 한다.

꿈속에서 나는 미궁 같은 곳에 있었다.

좁은 통로가 복잡하게 얽혀 있는 어둠 속에서, 나는 기어서 앞으로 나아가고 있었다. 갈랫길이 이리저리 나 있어, 나는 신중하게 판단하여 아무튼 밖으로 나가려 하였다. 때로 일어설 수 있을 정도의 공간이 나타났지만, 거기서 또 길은 여러 갈래로 갈라졌다.

마침내 저 끝에서 불빛이 보여, 나는 서둘렀다.

밝은 곳으로 나오자, 그곳은 조그만 동굴이었고, 알록달록한 헝겊이 걸쳐져 있고, 촛불이 타고 있었다. 헝겊 너머를 찬찬히 들여다보자, 사당이 있었다. 아아, 알고 있는 사당이다, 라고 나는 생각했다. 본 적이 있어, 라고 꿈속에서 생각했다.

그때, 귓가에다 누군가가 「오늘은 …월 …일이에요」라고 말했다. 제대로 알아들을 수 없었는데도, 나는, 그 말을 듣고 꺼림칙한 기분이 들었다. 그것은 잊고 싶은 날이었다. 분명, 그런 날이었다.

그리고, 어떤 광경이 떠올랐다. 그리운 그 방이다. 창문 옆으로 고속도로가 보이고, 늘 시끄러운 소리가 들리고, 배기가스 냄새가 났다. 바닥은 더럽고, 벽은 얇았다. 거기서 내가 누구랑 지냈더라……?

하고 생각하는데, 촛불에 비친 사람 그림자가 어른어른 움직였다.

「제물을 바쳐야지」

라고 치즈루가 말했다. 그래, 이 사람이었어, 꿈속의 나는 생각했다.

어느 틈에 내 뒤로 걸어왔는지, 그녀가 동굴에 들어와 있었다. 그리고, 여전히 피부색이 하얗고, 머리칼은 극단적으로 짧고, 쓸쓸해 보였다.

그리고 내 쪽은 쳐다보지도 않고, 검은 돌을 그 제단 같은 대 위에 늘어놓기 시작했다.

「강가에서 주워 온 돌이야」

치즈루가 말했다.

나는 무슨 말이라도 해야지, 하고 생각하고 입을 열었다.

「물론 저 유명한 강가겠지……. 살아서는 갈 수 없다는」

이런 때에 이런 말밖에 하지 못하는 내 자신이 참 대단하다 싶었다.

「그래, 맞아」

치즈루가 말했다. 나를 보지 않고서.

「제를 올려야지, 기일이기도 하고」

「그건 내가 해야 되는 일 아닌가?」

나는 말했다.

「잊어버린 주제에」

치즈루는 웃었다.

「까맣게 잊고 콧노래 흥얼거리면서 산길을 걸은 주제에」

그녀는 말했다.

나는 되받을 말이 없었다.

「넌 아직 몰라. 항상 네가 제일 힘들고, 너만 아무 일 없고 편안하고 재미있으면 그만이라고 생각하고 있잖아」

치즈루가 말했다. 그 눈이 본 적 없는 암울한 분노로 불타고 있었다. 나는 너무너무 분했다. 나는 나 나름으로 늘 치즈루를 사랑했었다.

「심각한 게 더 좋단 말이지? 그야 그렇지, 너에 비하면 나 같은 것, 이렇다 하게 불행한 일도 없으니까. 내 인생 따위, 너의 심각함에 비하면, 천국이지 뭐. 노래자랑에서 꼴찌하기도 어려울 거야」

나는 감당할 수 없는 분노에 떨리는 목소리로 말했다. 말하면서, 알고 있었던 것보다 훨씬 더 내가 자신의 인생을 힘들게 여기고 있음을 깨닫고 경악했다.

동굴은 뜨겁고 공기가 엷었다. 나는 창문이 있었으면 좋겠다고 생각했다. 언제까지 이런 곳에 있어야 하는 것일까. 촛불이 흙벽을 희미하게 비추고 있었다. 먼지와 곰팡이 냄새가 났다.

뜨거움에 눈을 떴다. 스탠드 불빛에 천장이 환했다. 나는 땀을 흘리고 있었고, 꿈의 무게로 머리가 묵직하고 아팠다. 잠옷은 뒤틀려 있고 시트도 비비 꼬여 있었다. 이 무슨 꿈이람, 하고 나는 생각했다.

시계를 보니, 새벽 2시였다. 눈이 반짝 뜨여 다시 잠이 올 것 같지 않았다. 나는 일어나, 냉장고에서 물을 꺼내 마셨다. 꿀꺽꿀꺽 하고. 그 순간에야, 내가 살아 있다는 느낌이 들었다. 아아, 그렇군, 난방을 너무 오래 틀어놓았나 보다, 낡은 온도 조절기를 돌려 방안 온도를 조절했다.

깊은 밤의 방은 고요하고, 아무것도 움직이지 않았다.

창밖을 보았다. 캄캄하고, 역시 무엇 하나 움직이는 것은 없었다. 창문에 내 얼굴이 비쳐 있었다.

안 되겠어, 오늘밤은 정말이지 좀 이상해, 라고 나는 생각했다.

그 산길에서 무언가를 주워 온 것이다. 이 분위기를.

꿈속의 치즈루에게는 치즈루가 늘 지니고 있던 깊이가 없었다. 얄팍했다. 그건 그냥 꿈일 뿐이야, 라고 나는 생각했다.

치즈루는 그런 말투로 얘기하는 인간이 아니었다. 훨씬 강경하게, 훨씬 야박하게, 훨씬 신랄하게 비아냥거렸지만, 그보다 훨씬 더 똑똑하고 상냥했다. 내 죄책감이 그런 치즈루를 만들어낸 것이다.

한참을 누워 있었더니, 다시 잠이 쏟아졌다.

문득 사방을 둘러보니, 또 동굴 안에 있었다. 역시…… 하고 나는 생각했다.

치즈루는 눈을 감고, 무릎을 꿇고서 열심히 기도하고

있었다. 그 모습이 아름다웠다. 촛불에 드러난 동굴 벽이 회색으로 보였다. 그녀가 풍기는 기품 탓에, 그곳은 마치 기도를 위한 특별한 공간처럼 보였다.

흔들리는 빛에 속눈썹이 허망하게 보였다. 감은 눈꺼풀 아래에서, 그 맑고 서늘한 갈색 눈이 파르르 떨고 있었다. 무슨 기도를 하고 있는 것일까? 뭘 괴로워하고 있는 것일까? 그렇게 새삼 생각해 보니, 나는 치즈루에 대해서 아무것도 모르고 있었다. 그 무렵에는 나 자신의 의식마저 모호했다. 나는 상처 입어 미묘하게 지쳐 있었고, 그리고 아직 어린애였다. 창밖에는 늘 구름이 끼어 있었던 것 같다. 아니, 구름만 낀 것이 아니라, 그 해에는 안개가 유난히 많았다. 늘, 창밖은 탁한 회색이었다.

이 고장과 나의 머릿속 어떤 부분이 공명하여 슬픈 꿈을 꾸게 하고 있는 것이라고 나는 생각했다. 그러니까, 지금은, 보고 싶은 치즈루나마 보기로 하자.

그렇다, 말만 하지 않으면 이 꿈속의 치즈루는 그 옛날의 치즈루 같아, 너무너무 반가웠다. 소매 끝이 해어진 하얀 카디건도, 늘 서로 입으려고 다투다가 아침에 먼저 일어나는 쪽이 입기로 한 청바지도(그 청바지는 절반씩 돈을 내어 샀다), 끝이 푸석푸석했던 연한 갈색 머리칼도, 오래도록, 보고 싶어도 볼 수 없었던 것들이었다. 나는 그녀를 가만히 쳐다보았다.

그리고 정말이지, 치즈루에게 내 생각이 전달된 적은 한 번도 없었다고 생각했다. 그녀는 그녀 안에, 늘 이렇게 깊이 가라앉아 있었다. 치즈루는 그것을 타인에게 전하고자 하는 마음도 갖고 있지 않았다.

나는 그것을 볼 뿐이었다. 그렇기에 치즈루를 바라보는 것을 좋아했다. 치즈루는 겹겹이 쌓인 고뇌가 만들어낸, 인생의 엷은 그림자로 만들어진 존재였다.

치즈루가 이쪽을 돌아보았을 때, 촛불이 꺼지면서 캄캄해졌다.

아아, 또 잠들어 버렸네……
하고 나는 생각했다.
잠들어, 꿈속으로 가버리고 말았다.
시간은 3시였다. 입이 마르고, 머리가 띵하니 아팠다.
나는 낯선 방안을 둘러보았다. 현실감을 띠고 있는 것은 무엇 하나 없었다. 침대 시트에 얼굴을 묻어보았지만 실감은 없었다. 술이라도 마셔볼까…… 싶은 결론에, 나는 냉장고에서 위스키를 꺼내 컵에 따랐다. 뭐 어때, 몇 번 꿈을 꾸든, 치즈루의 기일에 꿈에서나마 그녀를 만날 수 있다면, 그것이 이 고장이 지닌 사악한 기운 탓이라 한들, 무슨 상관이랴…… 그 동굴은 어딜까? 하고 나는 생각했다. 그러고서 불현듯 깨달았다. 그 사악한 누군가, 혹은 무엇은, 산 채로, 그 사당 언저리 동굴 속에, 묻혀버린 것이라고. 어떻게 알았는지는 모르겠지만, 그렇게 생각했다. 그렇게 생각하자 모든 것이 앞뒤가 맞았다.

나는 어떻게 그것을 알 수 있었을까? 하지만 나는 그렇게 확신했다.

나는 치즈루가 죽었어도 눈물 한 방울 흘리지 않았다. 어째서였을까? 어째서 나는 아까 그 꿈에서도 그녀에게 심술 사납게 굴었을까? 거짓이라도 상냥하게 대해 주었으면 좋았을 것을.

방문객

그때, 노크 소리가 났다.

나는 깜짝 놀라, 조금은 무서웠지만 엿보기 창을 들여다보았다. 프런트의 아줌마일지도 모른다고 생각했기 때문이다.

그러나 전등 불빛에 환하게 드러난 복도에는, 목욕 가운 차림의 여자가 두 손을 축 늘어뜨리고 우두커니 서 있었다.

나는 문을 열고 말했다.

「보시다시피 여자 몸이라서 여자는 안 사요」

그러자, 그 여자는 낮은 목소리로 말했다.

「아니, 그런 게 아니고, 방문이 닫혀서 들어갈 수가 없어요」

「안에 있는 사람이 안 열어줘요?」

「잠들어 버린 것 같아요」

「그럼 이 방에서 전화 걸어보세요」

「고마워요」

여자는 야윈 몸집에, 머리칼이 길었다. 얼굴 한가운데에서 아래쪽이 아주 가냘프고, 얇은 입술이 빈약하면서도 품위 있게 보였다. 목욕 가운 밑은 알몸이었고, 방을 가로지를 때 음모가 보여 깜짝 놀랐다. 이 사람, 이런 모습으로 언제부터 복도에 있었을까, 하고 나는 생각했다.

전화기 앞에 서서도, 그녀는 전화를 걸려 하지 않았다.

「설마 번호를 잊어버린 건 아니겠죠?」

나는 말했다.

「아뇨, 아니에요, 그렇지는 않아요」

그녀는 과장되게 고개를 저었다.

「사실은, 말다툼을 했어요. 그러니까, 전화 걸어도 안 받을 거예요」

「하지만, 그런 차림인데 쫓아냈다면, 상대방도 지금쯤 후회하고 있지 않을까요?」

나는 말했다.

「음, 10분쯤 지나서 걸어볼게요. 잠시만 쉬게 해주세요……」

그녀는 말했다. 나는 위스키를 한 잔 더 따라 그녀에게 내밀었다.

그녀는 알몸에 가냘픈 팔로 받아 들어, 한 모금 마셨다.

「이런 경험 한 적 있나요?」

그녀는 말했다.

「사람에게 몹쓸 짓을 했거나 당한 경험?」

나는 대답했다.

「많죠, 그런 때는……」

아까 꿈속에서조차 치즈루에게 다정하게 굴지 못했던 것처럼.

「난, 다른 세계로 가버린 것처럼 돼요. 평소처럼 판단할 수도 없고, 몸이 자동적으로 움직이고 말아요」

「그렇지요. 나쁜 꿈을 꾸고 있는 것처럼 말이에요」

그녀는 말했다.

「그 사람은 부인이 있는데, 헤어져주지 않아요」

「그래서 옥신각신하다가, 당신을 알몸으로 복도에 내쫓았단 말인가요?」

「자기가 나쁘다는 것을 알기 때문에 더더욱 폭력적으로 되는 거겠죠. 이렇게 조그만 동네에서는, 밖에서 큰 소리만 질러도 온 동네에 소문이 퍼지니까, 난 때로는 일부러 길거리에서 싸움을 걸어요. 그는 가만히 입을 다물고 있고, 절대로 목소리를 높이지 않지요. 하지만 나는 계속 소리를 질러대요. 가게 안에서도 길에서도. 그러면, 자신이 점점 특이한 정신 상태가 되어간다는 것을 알 수 있어요. 마치 비닐 주머니 속에 있는데, 점점 산소가 없어지는 듯한. 아무도 나를 돌아보지 않고, 다시는 돌이킬 수도 없는, 그런 기분이지요. 그리고 그는 호텔에 들어서는 순간, 나를 마구 때려요. 늘 그 반복이라서, 이제 지쳤어요. 아까도 산길에서 만났어요. 그러고는 또 서로 고함을 지르면서 걷다 보니까, 이제 뭐가 어떻게 되든 상관없어져 버렸어요. 벌써 소문이 나돌기 시작했고, 어머니는 병원에 가라고 성화고, 더 이상 이 동네에서 살 수 없을 것 같아요. 어차피 다 끝났어요」

그녀는 중얼중얼, 마치 남 얘기를 하듯 말했다.

「미안하지만 당신이 이 방에 있으니, 내가 다 피곤해

지네요」

 나는 말했다. 그것은 사실이었다. 그녀를 보고 있자니, 그 목소리를 듣고 있자니, 왠지 머리가 지끈거리고, 무언가가 빨려나가고 있는 듯한 느낌이 들었다.

「어서 전화해 봐요」
「아직은, 싫어요. 무서우니까」

 그녀는 말했다.

「그럼 프런트 아줌마 깨워서 열쇠를 달라고 할까요?」
 그 정도는 해주어도 괜찮을 성싶었다.

「네, 그게 제일 좋을 것 같네요. 부탁해도 될까요?」
「알았어요」
「조금만 더 얘기하게 해주세요. 마음을 가라앉히고 싶으니까」
「좋아요」
「어떤 기분이었나요, 너덜너덜하도록 서로에게 상처를 주는 건?」

 그녀는 내 눈을 보고 말했지만, 그녀의 세계는 그녀 자신으로 가득하여 아무것도 비추고 있지 않았다.

「미안해요, 얘기 상대가 못 되어서. 난 그런 체험은 해본 적이, 없어요」

나는 말했다.

「어떤 때든 늘, 어딘가에 재미있고 즐거운 일과 예쁜 일, 볼 거리가 있었어요」

그 해는 굉장한 한 해였다.

여자가 생겨 오래도록 집을 비웠던 아버지가 나에게만 비밀리에 유산을 남기고 죽었다. 그리고 엄마는 그 쥐꼬리만한 유산이 탐이 나 온갖 수단을 다 썼고, 급기야 나의 인감과 통장을 훔쳐 도망가 버리고 말았다.

엄마라고 해봐야 나를 낳아준 엄마는 아니었지만, 제법 사이가 좋았기 때문에 충격이 컸다. 그때까지 일하던 술집을 그만두고 남자와 같이 도망을 쳤다는 소문이 들렸다. 나는 너무너무 분해서 엄마가 살고 있는 곳을 찾아냈다. 유산을 되찾겠노라 결심한 나는 어느 날, 실행에 옮겼다. 그리 쉽지는 않을 것이라고 생각했는데, 어이없을 정도로 순조로웠다.

그 동네에 도착한 것은 늦은 오후였다. 엄마가 살고 있는 아파트를 찾고서도 들어가지 않고, 낯선 동네에서 밤이 오기를 기다렸다. 혹 엄마가 겁나는 타입의 남자와 살고 있으면 싫은데 어떡하지, 싶어서였다.

그때의 기분······.

생활의 패턴이란 몸에 배어 있는 것이다. 그때 나와 엄마를 잇는 유일한 끈은, 몸에 배어 있는 시간의 흐름이었다.

나는 사태를 그리 심각하게 받아들이고 있지 않았으므로, 언젠가 다시 만날 날이 있을 거라고 생각하고 있었다. 엄마가 나의 친권을 할머니에게로 옮겨놓았다는 것도 알고 있었지만, 그래도 언젠가는 만나게 될 것이라고 생각했다. 그런데 그때까지 한 번도 만나지 않았다. 어쩌면 다시는 만나는 일이 없을지도 모른다. 하지만 그때는 그 사실을 인정하기가 괴로워서, 그런 생각이 떠오르지 않도록 마음을 닫았다.

그리고 어린 시절부터 내 몸에 새겨져 있는 시간의 흐름은, 그 동네에서도 똑같이 찾아왔다. 저녁, 텔레비전 뉴스가 시작될 즈음, 새들이 서쪽 하늘로 날아갈 즈음, 서쪽에 떠 있는 둥그런 저녁 해가 천천히 땅으로 떨어질 즈음, 나는 늘 혼자서 걸었었다. 학교에서 돌아오는 길, 남자친구 집에서 돌아오는 길, 학교에 안 가고 어슬렁거리다가 돌아오는 길, 엄마와 살 때 나는, 친구를 만나고 있다가도, 일단은 옷을 갈아입으러 집으로 돌아갔다.

그것이 유일하게, 나와 엄마를 이어주는 시간이기 때

문이었다. 만나고 싶어서가 아니라, 그것은 피가 이어지지 않은 사람들끼리의 의리 같은 것이었다. 엄마에게, 보살펴주어야 할 사람이 있다는 것을 알려주기 위한 본능적이고 어린아이 같은 행동이, 내 몸에 배어 있었던 것이다.

내가 집으로 돌아가면, 엄마는 늘 저녁을 먹고 있었다. 그리고 술집으로 향했다. 아버지가 좀처럼 집에 들어오지 않은 지 오래였으므로, 후반에는 거의 둘이서 살았다. 엄마의 저녁식사에 잠시 자리를 같이하고는, 엄마를 배웅했다. 안녕, 다녀오세요, 하고 손을 흔들고, 빨래를 하고 청소를 하고, 그 다음에는 대개 친구나 애인 집에 갔다. 그리고 밤늦게 집으로 돌아왔다.

엄마는 집에 들어오지 않는 날도 있었다. 하지만, 남자를 집으로 데리고 오는 일은 절대로 없었다. 의리가 있는 엄마에게 그 장소는 아버지의 장소였던 것이다. 그런 엄마가 유산을 슬쩍 가로채다니 놀라운 일이었지만, 내가 뭐라고 조잘대서가 아니라 자기 피붙이도 아닌 나를 열심히 키웠는데, 그런 자기에게 아무것도 남기지 않은 아버지가 미워서였을 것이다.

그 낯선 동네에서, 게임을 하고, 커피를 몇 잔이나 마시고, 강둑에 앉아 지는 해를 보고, 서점에 서서 책을 읽는 사이에, 나는 뭐가 뭔지 알 수 없어져 버리고 말았다.

마치 꿈속에 있는 일상적인 동네에 있는 듯한 기분이었다. 저녁 해에 마음이 썩어 들어가는 듯했다. 나는 머리가 어질어질했고, 모퉁이를 돌면 바로 집으로 돌아갈 수 있을 것 같았다. 거기에는 나와 엄마가 생활한 방이 있어, 빨래 냄새와, 부엌 바닥이 삐걱거리는 소리가 되살아날 것 같았다. 우리 집은 꽤 좋은 아파트였는데, 지은 지 20년이나 지난 지금은 낡아빠져 여름에는 덥고 겨울에는 추웠다. 그 방으로, 돌아갈 수 있을 듯한 기분이었다. 엄마가 평소처럼 저녁을 먹고 있고, 살짝 집으로 들어가면, 다시 그 생활이 시작될 듯했다. 오늘이 월요일이던가, 그렇다면 빨래를 걷고 시장도 보러 가야 되는데, 하고 생각하기도 했다.

그러나, 엄마는 그 동네의 낯선 아파트에서 낯선 남자와 살고 있었다. 나는 대충 이때다 싶은 시각에 그 아파트로 돌아가 보았다.

늘 커튼을 활짝 열어두던 엄마는 거기에서도 역시 커튼을 활짝 열어두어, 창문에 비친 그림자로 나갈 채비를

서두르고 있다는 것을 알 수 있었다. 불이 켜져 있고, 우윳빛 유리창이었지만, 엄마의 움직임은 충분히 알 수 있었다. 나갔다가 다시 돌아와 윗도리를 바꿔 입는 버릇도, 창가에 커다란 거울을 두고 전신을 점검하는 버릇도. 나는 점점 더 혼란스러워, 지금이 언제인지조차 알 수 없었다. 들어가면, 모든 것이 없었던 일이 되고, 과거가 되돌아올 듯한 기분마저 들었다. 엄마는 불을 끄고 방을 나갔다. 그렇다면 남자는 지금 없다는 뜻이라고 나는 생각했다.

그리고 엄마는, 내가 어둠 속에 숨어 있다는 것도 모르고 바삐 외출하였다. 엄마는 미인인 데다가 손님 접대가 생의 보람이라서, 술집 근무를 한시도 거르지 않고 취미처럼 즐겼다. 이 동네에서도 똑같은 일을 하고 있다. 조그만 등도 여전했다. 엄마는 종종걸음으로 사라져갔다.

나는 우편함에서 엄마의 집 호수를 재빨리 찾아, 우편함 위를 더듬었다. 역시, 늘 그러던 대로, 엄마는 거기에 테이프로 열쇠를 붙여놓았다. 나는 그것을 빼내어, 엄마의 새 집으로 향했다.

마치 단지처럼 규모가 크게 지어진 아파트라서, 침입자인 나는 사람들과 맞닥뜨릴 때마다 가슴이 콩닥거렸다. 그리고 사방의 창문에서, 갖가지 흥겨운 소리가 들렸다. 어린애 목소리, 일찌감치 목욕을 하고 있는 아버지의 목소리, 누군가를 부르는 목소리, 저녁을 준비하는 소리, 좋은 냄새…… 나는 울고 싶은 심정으로 복도를 성큼성큼 걸었다.

엄마의 집은 제일 끝에 있었다. 나는 열쇠 구멍에 열쇠를 끼워넣고, 문을 열었다. 모르는 남자 옷이 벽에 걸려 있었다. 양복이었다. 나는 안심했다. 양복의 질로 봐서, 보통 회사원이 분명했기 때문이다. 야쿠자에게 걸린 것은 아닌 듯했다. 엄마의 인생은 새로이 시작된 것이리라. 깔끔하게 정리된 부엌에서는 엄마 냄새가 났다. 방이 전부 네 개 있었는데, 나는 아마 여기겠지, 하고 생각하며, 엄마의 그림자가 비쳤던 방으로 들어가, 서랍장의, 속옷이 들어 있을 서랍을 열었다. 아니나다를까, 속옷 밑에 내 통장과 인감이 들어 있었다. 통장을 펼쳐보니, 아버지가 내게 남긴 2천만 엔이었다. 아직 손대지 않은 모양이었다. 2천만 엔은 그렇다 치더라도 인감이 없으면 상당히 곤란하다고 나는 생각했다. 나는 그것들을 가지고 방을 나왔다. 문을 잠그면서, 문을 잠그고 가는 도둑도 흔치는 않겠지, 하고 생각했다. 서랍 속에 〈뤼팽 3세

다녀가다!〉라고 쓴 조그만 쪽지를 두고 나왔다. 과연 웃어줄 것인가, 궁금해하면서. 그리고 열쇠를 다시 우편함 위에 붙여놓고, 전철을 타고 집으로 돌아왔다.

다음날 나는 전화를 해약하고, 휴대 전화 번호도 바꿨다. 그리고 이사할 준비를 했다. 알아차린 엄마가 돈을 찾으러 오면 곤란하기 때문이었다. 그때 나의 행동력은 평생분의 행동력이었다고 생각한다. 지금까지 지니고 있던 모든 것을 밤을 새워가며 처분했다. 아버지의 옷이 종이상자에 한 상자. 그리고 아버지가 남긴 책과 편지, 물품들은 이삿짐센터에 맡겼다. 엄마가 남겨두고 간 것은, 남겨두고 간 것이니만큼 쓸모없는 것들뿐이라, 전부 버렸다. 그리고 내 짐 역시 최소한으로 정리하여 여행용 가방 두 개에 꾸렸다. 미처 정리하지 못한 것도 역시 이삿짐센터에 맡겼다. 그리고 다음다음 날, 나는 은행에 가서 1천만 엔짜리 계좌를 새로 만들고, 남은 1천만 엔은 수표로 바꿔 엄마에게 보냈다. 등기 접수증을 받았을 때, 그 아파트 우편함이 떠올랐다. 그리고, 이 수표가 그 우편함에 들어가는 순간, 나는 정말 혼자가 된다고 생각했다.

한동안 비지니스 호텔에 묵었다. 그때 치즈루가 자기

집으로 오라고 말했다. 그녀는 원래 내 친구의 친구였다. 그녀가 나를 좋아한다는 것은 알고 있었고, 나 역시 그녀가 싫지는 않아서, 그리고 그때 나를 둘러싸고 있던 허전함이 사라질 때까지 시간을 벌고 싶어서, 그녀에게 신세를 지기로 했다.

치즈루와의 생활은, 처음부터 재미있었다.
치즈루는 유령을 보기도 하고, 그 존재를 느끼기도 했다. 친구 중 누군가에게 무슨 슬픈 일이 생기면, 울고 싶지 않은데도 눈물이 나오는 그런 애였다. 그리고 내가 어깨가 결리거나 배가 아플 때면, 손을 대어 낫게 해주었다. 치즈루 말로는, 어렸을 때 긴 계단에서 굴러떨어지는 끔찍한 사고가 있었는데, 그때부터 그랬다고 한다. 그녀는 투명한 눈으로, 언제나 다른 사람들과는 조금 다른 장소를 밝은 눈길로 쳐다보곤 했다. 그녀는 강한 사람이었다. 무서울 것이 없는 사람이었다.
또 그녀가 살고 있었던 곳이 그때의 내 거친 마음에 딱 와 닿는 방이었다. 그 방은 고속도로 바로 옆, 다 쓰러져 가는 건물의 7층에 있었고, 창문 아래로, 얼키설키 복잡한 골목과 슬럼 같은 거리가 보였다. 늘 소음 때문에 시끄럽고, 집세를 내지 않는 사람도 많았고, 바로 위층은 똑같은 방 두 개짜리 집에 여덟 식구가 살고 있어서, 엄청나게 소란스러웠다. 언젠가 텔레비전에서 본 구룡성 같은 건물이었다.

무슨 이유로 이런 주거 환경을 택했는데? 하고 물었더니, 그녀는 웃는 얼굴로, 왠지 마음이 차분해져서, 라고 대답했다. 평범한 사람들을 보면 내가 이상한 게 아닐까 생각돼서 불안해지니까, 라고.

그녀는 병적으로 깔끔한 것을 좋아하여, 언제나 방바닥과 부엌을 반짝반짝하게 닦았다. 한밤중에 그녀가 바닥을 닦는 소리에 잠에서 깬 일도 종종 있었고, 그 바닥에 미끄러져 넘어진 적도 적지 않았다.

그녀는 또 거의 잠을 자지 않았다. 잠은 몇 시간이면 충분하다고 말했다. 그리고 바닥 닦기는 시간을 죽이기 위해서라고 말했다. 나와 생활하기 전에는, 아무도 알아주지 않아도 그렇게 바닥을 닦으며 날이 밝기를 기다렸다고 했다.

그리고 그녀는 유령이 보인다고도 했다. 앗, 할머니가 감을 가지고 왔네, 라느니, 그 아이 차에 치였나, 라느니 툭하면 겁나는 소리를 중얼거렸다. 그녀와 함께 있자니, 세상이 유령투성이였다.

나는, 내게 보이지 않는 것은 없는 것이라 여겼으므로, 신경을 쓰지 않았다. 그런데도 때로, 무언가를 느끼는 일이 있었다. 길에서, 방안에서. 그런 때 그녀는 늘, 거기에 누가 있다고 말했다. 그리고 그녀는 유령을 보지 않고 편안히 잠들기 위해서 항상 빛나는 것들을 몸에 지니고 잠들었다. 반지며 귀걸이며 목걸이를. 그러면 유령이 다가오지 않는다고 말했다. 덕분에 섹스를 할 때면 늘 남자역이었던 그녀의 장신구가 몸 여기저기에 닿아 아팠다.

그 해에는 정말 안개가 많았다.

새벽녘에 눈을 뜨면, 치즈루는 바닥을 닦다가 한 손에 걸레를 든 채 앉아 창밖을 보고 있었다.

차의 불빛이 안개에 비쳐, 신비로운 빛이 하늘을 메우고 있었다. 이 세상 풍경이 아닌 듯했다. 그런 풍경을 보고 있는 치즈루까지 포함하여, 이 세상 끝의 풍경처럼 생각되었다. 나는 어렴풋이 눈을 뜨고, 깨어났다는 말을 하지 않고 그녀를 바라보았다. 그녀는 바람에 흔들리는 녹슨 새시에 무릎을 꿇고서, 어린애처럼 밖을 바라보고 있었다. 밖에는 우유처럼 짙게, 손으로 만져질 듯 자욱

하게 안개가 끼어 있었다. 아침이 영원히 오지 않는 것은 아닐까, 하고 나는 생각했다. 치즈루의 그 가녀린 몸과 가느다란 팔이, 이 세상에 거부당한 듯 보였다. 이렇듯 묘한 풍경 속에서만 살아 있는 것이 허락된 존재처럼 보였다.

사람들은, 자기가 상대방에게 싫증이 났기 때문에, 혹은 자기 의지로, 또 혹은 상대방의 의지로 헤어졌다고 착각한다. 그러나 사실은 다르다. 계절이 바뀌듯, 만남의 시기가 끝나는 것이다. 그저 그뿐이다. 그것은 인간의 의지로는 어쩔 수 없는 일이다. 그러니까 뒤집어 말하면, 마지막이 오는 그날까지 재미있게 지내는 것도 가능하다.

그렇게 생각한 것은 나뿐이었을까? 아니, 그렇지 않다고 생각한다.

나는 그 낡은 아파트와 편의점에서 도시락을 사 먹는 생활 속에서, 점차 어른이 되기 위한 마음의 근육을 키웠다. 이제 슬슬 혼자 생활해 볼까, 하고 생각했다. 그곳에서 그리 멀지 않은 곳에 마침 싸고 좋은 집이 있어서 당장에 결정하고, 치즈루에게 말했다. 그때 치즈루는 그다지 동요하지 않았다. 앞으로도 종종 오고 가고 하자며 웃었다. 그래서 그녀의 충격이 얼마나 컸는지 몰랐다.

마지막 일요일, 우리는 왠지 조금 쓸쓸해졌다. 그리고 치즈루가 드라이브를 하고 싶다, 고 말했다. 나는 치즈루의 차를 운전하여 가까운 산으로 갔다. 산속 찻집에서 버섯밥을 먹고, 전망대에 올라가 알록달록한 산을 바라보고, 온천에 몸을 담갔다.

그렇다, 역시 가을이었다.

정신이 아득해지도록 단풍이, 빨강과 노랑의 눈부신 색채가 잘 보였다. 바람이 불 때마다 폭풍처럼 나뭇잎들이 춤을 췄다. 우리 둘은 하염없이 노천탕에 몸을 담그고 있었지만, 쓸쓸함은 사라지지 않았다.

시간이, 흘러가는 쓸쓸함. 길이 갈라지는 쓸쓸함.

「왜 이렇게 쓸쓸한 거지, 이상할 정도네」

남 얘기를 하듯, 우리는 서로에게 그렇게 말했다.

「이사를 하는 것뿐인데, 왜 그렇지?」

온 사방 사람들이 모두 즐거운 듯 보여 부러울 정도였다. 탕에 몸을 담그기 위해 오는, 할머니와 어린아이들과 엄마들. 평범한 생활이 몸의 선에 배어 있는 사람들. 모두가 나가고, 다시 들어오고, 그런데도 우리는 한없이 노천탕에 들어앉아 있었다. 하늘이 무척 높았다.

「방에만 늘 있었고, 안개도 많았고, 날씨도 별로 안 좋았으니까, 이렇게 아름다운 곳에 있다는 것이 꿈만 같아」

치즈루가 말했다.

「머리까지 개운하다, 하늘이 맑으니까」

그리고 돌아오는 차 속에서, 치즈루가 말했다.

「여기서 내릴래」

아무리 말려도, 그렇게 고집을 부렸다. 점차 차 안의 공기가 농밀해지고, 견딜 수 없어진 나는 마법에 걸린 것처럼 그녀를 내려주고 말았다.

혼자서 치즈루의 방으로 돌아왔을 때, 대체 내가 무슨 짓을 한 거지? 하고 생각했다. 그러나, 아무리 생각해도 그녀는 진심이었다. 지금 내가 할 수 있는 일은, 이 방에서 그녀를 기다리는 것이 아니라 그녀에게 이 방을 나서는 장면을 보이지 않는 것, 이라고 생각했다. 그래서 나의 흔적이 철저하게 지워질 때까지 짐을 싸고 청소를 했다. 우리가 함께 쓰던 것은 전부 남겨두었다. 나는 이렇게 단기간에 두 번이나 이사를 하는 내 자신의 인생에 대해서 생각했다. 그리고 치즈루에 대해서도 생각했다. 치즈루를 좋아하긴 했지만, 치즈루 안의 쓸쓸하고 어두운 공간에 몸을 오래 두고 있을수록, 사랑할 자신이 없어졌다. 언젠가 남자가 좋아져, 더 한심한 짓을 하게 되리란 것도 알고 있었다. 그래서, 전화를 걸지 않았다.

그리고 한 달 후, 새로운 방에서 새로운 생활이 완전히 궤도에 올랐을 때, 역시 그녀가 친구로서 필요하다고 생각한 나는, 만나러 가자고 마음을 정하고 전화를 걸었다.

「어어, 잘 있니?」

치즈루는 평소처럼 전화를 받았다.

그 방에서.

「지난번에는 나 혼자만 돌아와서 미안했어. 무사히 돌아왔니?」

「괜찮아. 그렇게 멀지도 않았는데 뭘. 이틀 더 묵다가, 히치하이크해서 금방 돌아왔어」

「다행이다……」

나는 눈물을 머금고 말았다.

「내려달라고 한 건 나잖아. 나 정말, 그 가을의 자연 속에 조금 더 있고 싶었거든. 그리고 마음을 정리하고 싶었어. 그렇게 만든 건 나니까, 아무 원망 하지 않아」

치즈루는 상냥하게 울리는 목소리로 그렇게 말했다.

「네가 나가는 모습을, 절대 보고 싶지 않았어」

「알고는 있었지만, 그래도 역까지는 바래다주면 좋았을 텐데」

나는 말했다.

「됐어. 꼴사납잖아, 역에서 헤어지는 거」

「하긴」

「나 있지, 정말 행복했어. 함께 사는 동안. 내가 다른 사람과 살 수 있다니, 그럴 수 있을 줄 몰랐어」

「나야말로 그랬다」

「넌, 정말 운이 강해. 그래서 좀 남다른 인생을 보내게 될 거야. 많은 일이 있겠지. 하지만 자기를 질책하면 안 돼. 하드보일드하게 사는 거야. 어떤 일이 있어도, 보란 듯이 뽐내면서」

「왜? 내가 뽐내니?」

「아니」

치즈루가 까르르 웃었다. 방울처럼, 그 목소리가 조그맣게 귀에 울렸다.

「그럼」

「그래. 그럼 또 연락하자」

나는 안심하고 전화를 끊었다. 우리에게 내일은 없을

지 몰라도, 다른 형태로 연결될 수 있을지도 모른다는 희망이 솟았다. 나는 편안히, 그 산길에서 그녀와 헤어진 후 처음으로 정말 편안히 잠들 수 있었다.

  그때도 이상한 꿈을 꾸었다.

  나는 그 산길을, 화가 나지 않은 상태로, 편안한 마음으로 되돌아간다. 캄캄한 어둠 속에서 나뭇잎 색이 번져 보인다. 치즈루와 헤어진 부근에 접어든다. 그러자, 치즈루가 새끼고양이처럼 엎드려 있다. 내가 다가가자, 치즈루는 반가운 듯 웃는다. 문을 열고, 전에 없이 활기찬 표정으로 차에 올라탄다. 우리는 손을 잡는다. 한 손으로 산길을 운전하기가 몹시 힘들었지만, 손을 놓고 싶지 않았다. 치즈루의 차가운 손. 언제나 차가운 손가락. 여느 때보다도 치즈루가 작아 보였다. 아무리 더러운 아파트라도, 비가 새도, 벽이 얇아 소리가 시끄럽게 들려와도, 창밖에 볼 만한 풍경이 하나도 없어도, 둘이서 그 방으로 돌아가자, 평생 헤어지지 말고 살자…….

  거기서 잠이 깨었다.

  뭐라 말할 수 없는 기분이었다.

  그날은 하루 종일 그 꿈을 생각했다. 그리고 저녁 때, 나는 이사간 곳을 치즈루 말고는 누구에게도 알리지 않았음을 깨닫고, 친구에게 전화를 걸었다. 치즈루와 내가 둘 다 알고 있는 사람이었다.

「살아 있었구나!」

그가 외쳤다.

「정말 너는 악운에는 강한 모양이다」

「무슨 소리야?」

나는 말했다. 꿈속에서 치즈루가 한 말과 묘하게 겹쳐지는 말이었다.

「몰라? ……미안하다. 엊그제, 그 아파트에 불이 나서, 치즈루 죽었어」

「뭐? 뭐라고? 어제 전화 통화했는데?」

나는 놀라서 되물었다.

「그건…… 그거야, 그거. 치즈루니까, 있을 수 있는 일이지」

「그, 그럴 리가……」

「모두들, 너도 아직 거기에 머무는 줄 알고, 걱정이 돼서 시체를 찾아보고, 행방을 찾았더랬어. 연락할 방법도 없고, 도무지 어째야 좋을지 몰랐었다고. 하지만 살아 있어서 다행이다. 불행 중 다행이야. 내가 모두에게 전할게」

친구는 말했다. 입으로는 닥치는 대로 말하고 있지만, 슬픔이 전해져 왔다. 나는 경악하여 수화기를 꽉 잡았다.

「알려줘서 고마워. 장례식 같은 거는, 안한대니?」

「친척이라면서 치즈루하고 상당히 먼 사람이 병원에 와서 시체를 후딱 가지고 가버렸어. 치즈루하고는 10년이나 안 만났다고 하던데. 치즈루, 옛날에 여러 가지로 일이 많았었는지, 친족들하고는 인연이 끊긴 모양이야. 장례식 때 알려달라고 했는데, 연락이 없어」

「어디로 연락해야 되는지는 물어봤어?」

「응, 다음에 가르쳐줄게. 산소에라도 한번 다녀오고 싶으니까. 치즈루는 정말이지, 눈 깜짝할 사이에 흔적도 없이 사라져버렸다」

「으응」

나는 묻고 싶었던 것을 한 가지 더 물었다.

「치즈루 방에서 불이 난 거니?」

「아니, 그렇지 않아. 옆집 알코올 중독자의 방에서. 주전자를 불에 올려둔 채로 곯아떨어졌대. 본인은 잽싸게 피해서 살아 있어」

「그랬구나……」

나는 울지 못했다. 지금도, 제대로 울지 못하고 있다.

몇 번이나 후회했다. 지금도 하고 있다. 하지만 또 몇 번이나 생각을 바꾼다. 필경 우리는 그 이상 아무것도 할 수 없었다. 마지막까지, 즐거웠다. 주문처럼, 그렇게 되뇌인다.

「좋겠네요, 나도 그렇게 되면 좋겠어요. 어디서 뭐가 어떻게 잘못된 것일까요?」

나는 추억을 얘기한 것이 아닌데, 마치 내 마음을 읽기라도 한 듯, 그녀는 심드렁하게 그렇게 말했다. 정말 대수롭지 않다는 표정이었다.

「지금부터라도 늦지 않았잖아요?」

나는 말했다.

「방으로 돌아가서 좀더 진지하게 헤어지는 얘기를 계속해 보면 어때요? 옷 입고. 춥잖아요?」

「이미 늦었을지도 모르겠어요」

그녀는 말했다. 머리칼 때문에 얼굴은 보이지 않았다.

「우리, 같이 죽으려고……」

더 이상 그녀는 아무 말도 하지 않았다. 그리고 이상하게 우물쭈물거렸다.

「당신 설마……?」

「그렇다면 어쩔래요? 내가 그를 죽이고, 방을 나왔다면……? 나도 그렇게 생각하고 싶지는 않지만. 어쩌면 동반자살에 실패해서, 나는 깨어났는데, 그는 죽어버렸다면……? 어느쪽일까요?」

그녀는 말했다.

「어느쪽일까라니, 그런 말이 어딨어!」

나는 고함을 질렀다. 고함이라도 지르지 않으면 정신없이 무서워질 것 같았다.

「됐어, 그만! 행동만 남았어. 아줌마한테 가서 열쇠 받아올 테니까!」

나는 방 열쇠를 집어 들고 일어섰다. 열쇠를 가지고 있지 않으면, 방으로 들어갈 수 없어 그녀 같은 신세가 되고 만다…… 왜 그런 생각을 한 것일까, 그녀는 방안에 있는데.

돌아보니, 그녀는 다리를 흔늘거리며 쓸쓸하게 침대에 걸터앉아 있었다.

얼굴을 들지 않고, 아래를 뚫어져라 내려다보고 있었다. 허벅지와 쇄골이 그리는 V자가 아름다웠다.

나는 엘리베이터를 타고 프런트로 가서, 집요하게 벨

을 눌렀다.

아무도 나오지 않아서, 계속 벨을 눌렀다. 캄캄한 로비에서는 에어컨 소리만 울리고, 소파의 바랜 색이 점점 도드라져 보였다.

한참이나 지나서, 안쪽에서 아줌마가 자다 일어난 소름 끼치도록 짜증스런 표정으로 나왔다.

「옆방 여자가 알몸으로 쫓겨났다면서, 어쩔 줄 몰라 하는데, 그 사람 방 열쇠 좀 빌릴 수 있을까요?」

「에?」

인류가 그 이상의 불쾌한 목소리를 낼 수 있을까 싶을 정도의 목소리였다.

「의심스러우면, 같이 가도 좋아요」

나는 말했다.

만의 하나, 상대방 남자가 죽어 있기라도 하다면, 아줌마가 있는 편이 낫다고 생각했다.

「미안하지만, 오늘 손님은 댁밖에 없어요!」

아줌마가 말했다.

「뭐라고요? 하지만, 지금, 분명히」

「으음, 어느쪽을 택해야 하나?」

아줌마가 말했다.

「무슨 말이죠?」

「호텔의 이익이냐, 손님의 안심이냐」

아줌마는 진지한 얼굴로 그렇게 말했다.

「그 말을 입 밖에 낸 시점에서 이미 같아졌어요. 뭐죠?」

나는 말했다.

「음, 댁이 하는 말 이해할 수 있어요. 오늘은 참 이상한 날이라니까. 옛날 같으면 너구리가 사람을 홀린다고 할 날이지. 어쩐지 공기가 무겁고, 밤이 유독 어둡잖아요. 하지만 지나가요, 이런 밤 역시. 그리고 댁이 말하는 여자, 목욕 가운 입은 여자죠?」

「그래요」

「나와요, 여기. 그 여자, 전에 이 호텔에서 동반자살을 했는데, 자기만 죽은 사람이에요. 남자는 학교 선생님이었는데 살아남았지요. 수면제가 모자라서. 그러고는, 부인하고 아이들 데리고 이 동네를 떠났어요」

「어떻게……」

나는 불쾌한 기분이 들었지만,

「뭐, 오래된 호텔이니까 이런저런 일이 있어요」

아줌마가 그렇게 말하기에,

「그러니까, 지금, 누가 방에서 쫓겨나거나, 또 누가

방에서 죽어가는 일은 없다는 거죠?」
라고 말할 수밖에 없었다.

「그래요. 이제 몇 시간이면 아침이니까. 또 무슨 일 있으면 깨워요」

그렇게 말하고 아줌마는 안으로 들어가 버리고 말았다.

로비에 남은 나는, 혼자서 그 방으로 돌아가는 신세가 되었다. 유령하고 얘기를 나눌 것인가, 불길한 꿈을 꿀 것인가? 내 선택의 여지는 너무도 적었다.

그래서 머리를 식히려고 밖으로 나가기로 했다.

밖은, 굉장한 바람이 불고 있었다.

저 아름다운 단풍도, 우수수 떨어지고 있겠지.

이곳에서도, 치즈루가 마지막으로 본 그곳에서도.

나는 그렇게 생각하고, 하늘을 올려다보았다.

별이 아름다웠다.

뒤돌아보니, 과연 내 방과 복도 외에는 캄캄했다.

그 여자의 외로운 모습이 떠올랐다.

그렇구나, 일부러 자기가 약을 많이 먹은 것이로군, 나는 문득 깨달았다.

그에게 조금 먹인 것이다.

그래서 그 여자의 인상이 허망한 것이다.

하지만 어떻게 그런 일을 알 수 있는 것일까, 그렇게 생각했다. 왜 오늘밤은 많은 일들을 알 수 있는 것일까?

싸늘하게 식은 몸으로 로비에 돌아오자, 아줌마가 일어나 있었다.

「아줌마는 유령 아니죠?」

나는 말했다.

「이 아줌마는 오랜 세월 여기서 일하고 있는 그냥 아줌마예요」

아줌마가 말했다.

「댁 덕분에 잠이 다 달아나 버렸네요」

「미안해요. 목욕을 한 번 더 해야겠어요」

나는 말했다.

「조심해요. 안 자고 깨 있을 테니까, 여기로 지나가요」

아줌마의 말에 마음이 아릿하여 나는 재빨리 목욕탕으로 향했다.

다다미방

 목욕탕은 변함없이 뜨거운 물이 찰랑거려, 나는 싸늘한 몸을 느긋하게 녹일 수 있었다.
 그리고 유리창 너머로 탈의실 시계를 보니, 이제 곧 4시였다.
 대체 이 무슨 밤이람? 산길에서 만난 이상한 것을 호텔까지 데리고 오다니, 참 내…… 그렇게 생각하는데, 피로가 정점에 달하고 졸음이 밀려와, 눈이 저절로 감길 것 같았다.
 이번에야말로 무슨 일이 생기든 자줄 테다…… 하고

생각하고, 목욕탕 타일을 보았다.

그 타일은 낡았지만 색은 예뻤고, 정겨운 느낌이 들었다. 어렸을 적, 아버지와 친엄마와 내가 살았던 집의 욕실 타일과 비슷했다. 그 무렵에는 내 인생이 이렇게 될 줄 미처 몰랐다. 부모와 함께 외동딸답게 평범하게 자라나서 시집이나 가겠지, 하고 생각했었다. 이렇게 멀리까지 와버리리라고는…….

나는 약간 감상적인 기분으로 타일을 물끄러미 쳐다보았다. 그리고 눈길을 옮기자, 보통 돌로 끼워 맞춘 소박한 모자이크로 빙 둘러져 있는 욕조가 있었다.

보잘것없는 호텔이지만, 이 목욕탕은 참 좋네…… 하고 생각했을 때, 어째서인지 섬뜩했다. 내 안의 무언가가 맹렬하게 고개를 저었던 것이다.

뭐지? 이렇게 기분 좋고, 아담하고, 마침 적당하게 오래되었고, 물도 좋고…… 하고 멍하니, 다시금 밀려오는 졸음 속에서 생각하고 있었더니, 불현듯, 눈에 띈 것…… 그것은, 욕조 테두리의 회색빛 모자이크 안에 박혀 있는, 딱 하나 색이 다른, 새까만 돌이었다.

그런 것이었나!

나는 왠지 납득이 갔다.

이 호텔은 이어져 있는 것이다.

어쩌다, 그 돌 한 개만, 여기에 사용되었기에, 이렇듯 이상한 일이 겹치는 것이다.

우동집 일을 생각하니 마음이 아팠지만, 오래전부터 있었던 이 호텔이 무사하다는 것은, 아마도, 그냥 이대로 놔두는 편이 좋다는 뜻이리라고 판단하였다.

손님이 동반자살을 하고, 유령이 나오고, 그런데도 좋다고 할 수 있는지는 잘 모르겠지만, 우동집에서 아무도 죽지 않았다는 것은 그 사당이 그 정도의 작용밖에 하지 못한다는 뜻이라고 생각했다.

그 돌을 밟지 않도록 조심조심 욕조에서 나와, 나는 일단 프런트에 들렀다.

「아줌마, 안녕히 주무세요」

나는 그렇게 말을 걸었다.

「차라도 마시고 가요. 싫죠, 방으로 돌아가기가?」

아줌마가 안에서 나와 그렇게 말했다.

얼른 자고 싶은 마음도 있었지만, 목이 말라 들르기로 했다.

프런트 옆 문을 통해, 프런트 뒤에 있는 방으로 들어

갔다.

그곳은 6조 정도의 다다미방으로 깨끗하게 정돈되어 있었다. 그리고 커튼이 꼭꼭 닫혀 있었다. 꽃무늬 커튼이었다.

아줌마는 좁은 싱크대 앞에서 물을 끓였다.

테이블 위에는 부자연스러울 정도로 멋들어진, 새하얀 국화가 장식되어 있었다. 꺼림칙하다. 하지만 언급하지 말아야 할 일 같아, 잠자코 있었다.

내 시선을 의식했는지, 차를 가지고 오면서 아줌마가 말했다.

「아, 그 꽃. 그 꽃은 말이죠」

차는 아주 뜨겁고 맛있었다.

「맛있네요, 차가」

「아아, 시즈오카에 친척이 있어서」

아줌마가 말했다.

「이 꽃 말이죠, 아까 동반자살하려 했다는, 그 남자가 보내는 거예요, 해마다」

「그럼 아까, 그 유령의 애인이었던 사람이겠네요?」

나는 말했다.

「그래요. 바쳐달라면서, 매해. 하지만 프런트에 내다

놓을 수는 없잖아요. 불길해서. 안 그래도 불길한데. 그렇다고 그 방에다 꽂아놓을 수도 없고 해서, 그래서 이렇게 여기다 꽂아놓는 거예요. 나 그래도 매일, 향까지 피운다고요」

「그래요」

그녀의 쓸쓸한 분위기가 떠올랐다.

「유령은 무섭다고 다들 그러지만, 살아 있는 인간이 훨씬 더 무섭죠」

아줌마가 말했다.

「그 사람들이 여기 왔을 때도 말이죠, 내가 프런트에 있었는데, 얼마나 무서웠는지. 오늘처럼 분위기가 이상한 밤이었어요. 남자는 얼굴이 흙빛이고, 온통 흙투성이. 여자도, 맨발에 머리칼은 엉망으로 흐트러져 있고, 흙투성이. 산길을 넘어 넘어 왔다느니 하면서, 너덜너덜, 살기라고나 할까, 아무튼 굉장한 분위기를 띠고 있었는데, 보통때 같으면 거절했을 텐데, 여자가 울어서 퉁퉁 부은 눈으로, 쉬고 싶다고…… 몇 번이나 애원을 하는 거예요. 얼마나 무섭든지……. 결국 묵게 했는데, 그 다음은 일대소동. 참 나도 용케 해고되지 않았다고 생각해요. 하지만 말이죠, 그녀는 자기만 죽을 생각이었어요.

자기만 독한 약을 먹고, 남자한테는 순한 약을 먹였어요. 남자가 거의 미친 사람처럼 발광을 했지요, 그걸 알고서. 정말 서로 사랑하고 있는 모양이다, 장난이 아니구나, 하고 생각했어요」

「역시……」

「그런데 유령이 되었으니, 은혜를 원수로 갚는다는 말은 바로 이런 일을 두고 하는 말인가 봐요」

아줌마가 말했다.

「어차피 내년이면 여기도 문을 닫을 거니까, 상관은 없지만」

「이 호텔, 없어져 버리나요?」

없어지는 편이 낫다고 생각하면서 나는 말했다.

「그래요. 주인이 죽었으니까. 아들이 내년에 새로 레스토랑을 짓는다던가 그러던데요. 그 목욕탕, 주인이 직접 만든 거예요」

「네에」

「목욕탕 예쁘죠?」

「산에서 주워 온 돌인가요?」

나는 물었다.

「왜요?」

「좀 색다른 모자이크라서」

「그래요, 주인이 좀 유별난 사람이어서, 돌을 모았죠. 다이아몬드 같은 그런 돌이 아니고, 명실상부한 돌. 멋없는 돌을」

「그랬군요. 하지만 운치 있어요, 그 목욕탕」

나는 말했다.

「하지만 아줌마 조심하세요. 유령도 나오고, 여기 이상해요, 왠지」

「괜찮아요. 아까도 말했지만, 이상한 밤은 어디에든 있는 법이니까. 게다가 반드시 지나가잖아요. 평소처럼 하고 있다가, 아침이 오면 아무 일도 없었던 것처럼 되니까. 그보다 나는 인간이 무서워요. 주인이 죽었을 때 기뻐하던 아들의 얼굴에 비하면, 별 대수로운 일 아니에요. 세상에 둘도 없을 만큼 품위 있는 부부가 묵고 간 뒤에, 청소하는 아저씨가 토한 적도 있어요. 방에서 무슨 흉측한 짓을 했는지 모르겠다면서. 그런 사람들이 훨씬 더 무서워요」

아줌마는 듬직하게 말했다. 괜찮다, 이런 사람이 있으면…… 나는 그렇게 생각하고, 이 호텔 걱정은 그만두기로 했다.

「그만 갈게요. 쉬세요」

나는 말했다. 밖에서 희미한 새 소리가 들렸다.

이제 곧 날이 밝는다.

「여봐요, 기분 나쁘지 않아요? 자고 가요, 여기서」

아줌마가 말했다.

「네?」

「괜찮으니까, 좁지만, 이불도 있고. 그 편이 낫다니까. 또 나오면 어쩔려고」

아줌마는 쾌활하게 말했다.

「아침이 되면 다 괜찮아지니까, 짐 갖고 나가면 되잖아요」

나는, 돈까지 다 내가면서 왜 이렇게 비좁은 다다미방에서 아줌마와 같이 자야 하나, 하고 생각했지만 체험하기 힘든 일이라 그렇게 하기로 했다.

「그럼, 말씀대로 할게요」

잠이 쏟아져 도저히 참을 수가 없기도 했다.

아줌마는, 아까부터 깔려 있는 아줌마의 이부자리 옆에다, 나를 위해 이부자리를 깔아주었다.

좁은 방, 낮은 천장, 국화 향기.

나는 이불에 들어가, 안녕히 주무세요, 라고 말했다.

아줌마도 잘 자요, 라면서 불을 꺼주었다.

부엌에만 불을 켜놓고 아줌마가 설거지를 하는 사이, 나는 순식간에 잠에 빠져들었다.

다시 꿈

아주 리얼한 꿈이었다.

꿈인지 추억인지조차 알 수 없었다. 하지만 언젠가 실제로 있었던 일인 듯했다. 정말 짧은 꿈이었다.

나는 지금은 이미 없는 치즈루의 방에 있었다.

높은 천장의 얼룩까지 또렷하게 눈에 들어왔다.

그리고 부엌의 스테인리스가 반짝반짝 빛나는 것도 보였다.

밖은 안개가 자욱해, 방안까지 스며 들어올 것 같았다.

공기는 뿌옇게 빛났고, 차 소리마저 뿌옇게 들렸다.

그리고 위층에서는, 아이들이 그렇게 많은데도 아직 부족한지, 부부가 욕실에서 아이 만들기에 열중하는 소리가 들려왔다.

「시끄러워 죽겠네! 이렇게 밤이 깊었는데」

나는 말했다.

나는 별 생각 없이 잡지를 읽고 있었다.

그 무렵 알코올 중독 증세가 있었던 나는 한 되짜리 정종을 찔끔찔끔 마셔 거의 한 병을 다 비워가고 있었다. 그리고 상당히 취해 있었다.

「음악이라도 들을까?」

밤에도 자지 않는 치즈루는, 내가 한밤에 본격적으로 깨어 있으면 아주 기뻐했다.

행복해 보였다. 어린애처럼.

치즈루는 적당히 CD를 골라 틀었다. 음량이 꽤 컸는데도, 마치 안개에 소리가 빨려 들어간 것처럼 어렴풋하게 들렸다.

그에 질세라 콰당! 하고 대야를 뒤집고 물을 튀기면서, 때로는 아이들 교육 문제로 얘기도 나누면서, 위층의 부부는 달아올라 있었다. 아무래도 욕실 창문을 열어놓고 하고 있는지, 온갖 소리가 다 내려왔다.

「굉장하네, 굉장한 정력이야……」

나는 말했다.

취한 눈에 치즈루가 투명하게 비쳐 보였다. 색소가 엷은 탓인가, 안개 탓인가, 그 성격 탓인가. 그리고 나는, 이 사람과 그리 오래는 같이 지낼 수 없을 것이라고 생각했다.

어째서일까, 밤에도 자지 않고, 별로 먹지도 않는 그런 생물이 오래 살 리가 없다고 생각했다.

「나, 이런 거 싫지는 않아」

치즈루가 말했다.

음악과, 위층에서 나는 소리에 황홀하게 귀기울이며, 치즈루는 웃었다.

「사람이 내는 소리를 들으면 안심이 돼. 어쩐지 아빠하고 엄마 소리 같다는 느낌이거든」

「지나치게 아빠하고 엄마답지 않니? 조금만 더 표현이 부드러우면 좋겠다만」

나는 말했다.

「그렇지 않아. 밤에 같이 욕실에 들어가서, 이런저런 얘기도 나누고 서로 몸을 씻어주기도 하고, 그러다 보니까 그러고 싶은 마음도 생기고, 다 아빠하고 엄마가 내는 따뜻한 소리야」

치즈루는 웃었다.

그보다 나는 창가에 있는 치즈루의, 안개와 헤드라이트를 배경으로 한 모습이 더 흥미로웠다. 그대로 사라져 버릴 것 같았다. 보고 있자니 불안하고, 무서웠다. 이게 이 세상인지, 아니면 저 세상인지 알 수 없었다. 그래서 아마도, 아빠와 엄마가 내는 소리를 들으면, 이 세상에 붙들려 매인 듯한 기분이 들어 안심하는 것이리라고 생각했다.

거기까지는 추억과 꿈이 뒤섞여 있었다. 분명히.

그런데 창밖에서 이쪽으로 얼굴을 향하고서, 치즈루가 말했다.

「있지, 네가 아까부터 꾸고 있는 꿈속의 나는, 내가 아니야. 지금, 그 아줌마 방에서 자고 있는 너의 꿈에 나오는 내가, 진짜 나야. 오늘, 좀 이상한 사당 봤지? 하지만 대수로울 거 없어, 그런 거. 오늘뿐이야. 네가, 당황해하는 것 같아서 줄곧 지켜보고 있었어」

치즈루는 말했다. 이 눈, 투명하게 속이 들여다보이는 눈, 치즈루의 눈이다.

나는 눈물을 글썽이며,
「고마워」
라고 말하고 그 싸늘한 손을 쥐었다.

번뜩 눈을 뜨니, 어둡고 낯설고, 볼품없는 방이었다.
커튼 너머가 희붐했다.
여기가 어디지? 벌떡 일어나자, 조금 떨어진 곳에서 아줌마가 코를 골며 쿨쿨 자고 있었다.
그 흰머리 드문드문한 머리칼, 콧구멍, 잠옷의 천박스런 줄무늬…… 모든 것이 사랑스러웠다. 벽에는 호텔 유니폼이 반듯하게 걸려 있었다.
이런 사람이, 이 세상을 뒷받침하고 있다는 생각마저 들었다.
나는 안심하여 다시 잠에 빠져들었다.
겨우, 이 밤이 끝난다.

아침 햇살

그리고 아침이 왔다. 나는 방으로 돌아가 보았다.

어제, 대체 뭐가 그렇게도 무서웠던 것일까, 하고 어처구니가 없을 정도로 화창한 아침 햇살에 드러난 방은 평화로웠다.

나는 옷을 갈아입고 샤워를 했다.

유일하게, 잔이 두 개 놓여 있다는 것만이 어제의 일을 기억나게 했지만, 그것도 방을 관통하는 눈부신 빛 속에서는, 아무래도 상관없는 일로 여겨졌다.

서둘러 짐을 정리하고 프런트로 내려갔다.

「신세 많이 졌어요」

나는 말했다.

「그래요 그래, 잘 가요」

아줌마는 정확하게 숙박료를 받고, 웃는 얼굴로 대답했다.

마치 아무 일도 없었던 것 같았다. 나는 마음속으로 〈이거야말로 원나잇 스탠드(하룻밤만의 정사(情事)——옮긴이)……〉라고 중얼거리며 혼자 웃었다.

밖으로 나오니, 시골 동네에서는 아침이 시작되고 있었다.

가게들은 하나둘 문을 열고, 주유소에서는 점원이 활달하게 일하고, 청소를 하는 아줌마는 비질을 하고 있다.

멀리 단풍으로 알록달록한 산과 산이 파란 하늘을 배경으로 줄줄이 이어져 있었다.

무엇이었을까, 하고 나는 생각했다.

마지막에 꾼 그 꿈이 아직도 내 마음속에 아름다운 여운을 남기고 있었다.

나는 꿈속에서 진짜 치즈루를 만나 다행이었다고 생각했다. 그 뒤틀린 시간 속에서만 가능한 일이었으리라. 역시 어떤 밤에도 몇 가지 재미있는 일은 있다, 나는 넘어져도 그냥은 일어나지 않는다, 그렇게 생각하면서 지도를 꺼냈다. 그리고 역을 향해 발걸음을 옮겼다.

하드럭

11월에 대해서

병실에 들어서자, 웬일인지 엄마가 없었다.

사카이 씨가 혼자서, 언니 옆에 앉아 책을 읽고 있었다.

언니는 오늘도, 온몸 여기저기에 관이 연결되어 있었다. 인공호흡기의 스산한 소리가 조용한 공간에 울리고 있었다.

벌써 낯익은 지 오랜 광경인데, 때로 꿈속에서 이 광경을 보면 어째서인지 현실 속에서 이렇게 언니를 볼 때보다 눈을 떴을 때의 기분이 훨씬 더 실망스러웠다.

꿈속에서 언니를 문병하러 오면, 나는 한층 극단적인

감정을 품는다. 하지만 현실 속에서는, 병원으로 가는 전철 안에서 마음의 준비가 서서히 시작되는 것을 알 수 있다. 언니의 그 모습을 보고, 그 몸을 만질 때의 기분이 조금씩 준비된다. 하지만 꿈은 다르다. 꿈속에서 언니는 보통 사람처럼 얘기하고, 걸어다닌다. 그래도, 꿈속의 나는 알고 있다. 어디엔가 늘, 이 병실의 광경이 예비되어 있다. 늘, 이 화면을 의식하고 있어서 자고 있든 깨어 있든 점차 다를 것이 없어졌다. 어디에 있어도 절박해, 쉴 수 없는 감각이었다. 남들에게는 꽤나 차분하게 보였을 것이다. 이 가을이 깊어가는 동안 나는 점점 무표정해졌고, 울 때는 항상 자동적으로 눈물이 흘러내렸다.

언니는 결혼을 위해 다니던 회사를 퇴직하려고 매일 철야를 해가며 인수인계 작업을 했다. 그러다 뇌출혈로 쓰러진 지 벌써 한 달이다. 대뇌는 심한 손상을 입었고, 부종의 압박을 받은 뇌간은 점차 제 기능을 잃어갔다. 처음에는 미미하게나마 남아 있던 자가 호흡 능력도 완전히 없어지고 말았다. 혼수 상태가 식물인간보다 훨씬 심각한 사태라는 것을 처음 알았다. 언니의 뇌는, 시간을 두고 조금씩 조금씩 죽어갔다.

요즘 우리 가족은 단번에 배워, 지금 언니는 식물인간

이라고도 할 수 없는, 그런 희망조차 사라진 상태이며, 뇌간이 죽으면 언니의 몸은 호흡기의 힘으로 간신히 숨을 쉴 뿐이라는 것도 지난주에 알았다. 식물인간이 되면 그대로 몇 년이고 살려두겠다는 엄마의 바람도 이미 불가능해졌다. 지금은 뇌사 판정이 내려져 호흡기를 뗄 때를 기다리는 길밖에 없다.

그리하여 이제는 가족 전원이 기적은 일어나지 않는다는 일치된 견해를 보여, 조금은 편해졌다. 처음에는 지식이 없어서, 온갖 생각이 번갈아 우리 가족을 괴롭혔다. 미신에서부터 과학적인 지식, 신에게 드리는 기도, 꿈에서 언니가 하는 말을 알아들으려 애쓰는 마음까지, 거의 쉴 틈이 없는 집중된 지옥의 시간이었다. 그렇게 갖가지 갈등으로 한시도 쉬지 못하고 고뇌했던 고통스런 시기가 한차례 휘몰아쳐 간 다음부터는, 언니의 몸이 편안할 수 있도록, 언니가 싫어하는 일만큼은 하지도 말고 생각하지도 말자고, 그것에만 마음을 쓰자고 하며 모두들 침착해졌다. 이제 언니가 돌아오지 않는다는 사실은 이성적으로는 물론이고, 이 눈으로도 알 수 있었다. 하지만 손이 따스하고 손톱이 자라고, 숨소리가 들리고 심장이 울리면, 어쩔 수 없이 좋은 쪽으로 온갖 상상을 하고 만다.

언니가 세상을 완전히 떠나기 전의 이 기묘한 시간은 모두에게 많은 생각을 품게 하였다.

나는 할 수 없이 중단한, 언니의 상태에 따라 그만두려고까지 생각한 이탈리아 유학 수속을 오늘 아침에 다시 밟기 시작했다. 언니 없는 생활이 움직이기 시작한 것이다. 그러나 우리 눈에 비치는 모든 것에 언니의 그림자가 아른아른 숨쉬고 있었다.

별 신경 안 쓰는 것처럼 보이는 사람은 언니 약혼자의 형인 사카이 씨뿐이었다. 언니의 약혼자는 언니의 사고에 충격을 받아 고향으로 내려가고 말았다. 그는 치과대학에 다니는 학생이었으므로, 대뇌가 이미 자기 기능을 하지 못한다는 것의 의미를 잘 알고 있었다. 그리고 우리 부모가 요청한 약혼 파기를 어제 승낙하였다.

사카이 씨는 도쿄에 살고 있다는 이유만으로 〈저라도 괜찮다면 병상을 지키겠습니다〉라며, 거의 아무 관계도 없는 사람인데 종종 병원에 걸음을 했다. 처음에 우리는, 동생의 한심스러움에 미안해서 그러는 거겠지, 하고 험담을 했는데, 그런 것 같지도 않고, 틈틈이 와서는 간호사와 잡담을 하기도 했다. 내게는 그가 비교적 빨리 이 충격적인 상황에 익숙해진 것으로 보였다. 정체를 알 수 없는 사람이었다.

그의 지금까지의 인생은 수수께끼에 싸여 있지만, 전에 언니가 말하기로는, 그들 형제는 꽤나 고생이 심했던 모양이다. 아버지가 난치병으로 돌아가시자, 어머니가 오래도록 수간호사 생활을 하면서 여자 혼자 몸으로 형제를 길렀다던가 뭐 그런 얘기였다고 생각한다.

그렇게 언니가 이런저런 얘기를 했던 때를 떠올리면, 늘 막에 둘러싸여 있는 듯한 느낌이 들었다. 언니는 높고 가느다란 목소리로, 잘도 조잘거렸다. 어린 시절, 이불을 서로의 방으로 끌고 가, 밤이 새도록 수다를 떨곤 했다. 어른이 되면 어느쪽이든 꼭 천창이 있는 집에 살자고, 그리고 이렇게 수다를 떨면서 별을 바라보자고, 그런 귀여운 약속도 했다. 상상 속에서 유리창은 반들반들 검게 빛나고, 별은 다이아몬드처럼 반짝이고, 공기는 투명했다. 그곳에서 자매의 수다는 끝이 없고, 아침이 오는 일도 없었다.

언니는 항상 귀여운 분위기에 어딘가 모르게 동화적인 구석이 있었지만, 연애에 관한 한 박력이 있어 나와는 정반대였다. 사춘기 때는 곧잘 〈그의 이름 첫 글자를 내 몸에 문신할 거야〉라고 고집을 부리기도 했다.

「관둬. 다른 이름 가진 남자하고는 사귈 수 없을 테니까, 선택의 폭이 좁아지잖아」

「무슨 소리니, 그거?」

「그러니까, 언니가 지금 나카자와의 N을 문신하면, N자가 들어 있는 사람하고만 사귀어야지, 안 그러면 말이 안 된다는 뜻이야. 안 그래? N자가 들어 있는 사람이면 다행이지만, 그렇지 않은 사람을 좋아하게 되면? 변명의 여지가 없잖아」

「너는 어떻게 말을 그렇게 하니? 됐어! 다른 사람하고는 안 사귈 거니까. 처음 사귄 사람하고 결혼하는 거, 멋있잖아. 난 자신 있다고」

「절대로 그런 일은 없을 테니까, 그만두는 게 좋을 거야」

한밤중에, 그런 별 볼일 없는 대화를 곧잘 즐겼다. 천창은 없어도, 상상력의 힘으로, 하늘에 떠 있는 무수한 별을 느낄 수 있었던 시대였다.

언니를 떠올리면 느껴지는 그 막은, 처음에는 눈물이 흐를 때마다 뜨겁게 흘러내려 사라졌다. 그러나 지금은 더 이상 눈물이 나오지 않았다. 그 정도로, 내 온 마음과 몸이, 이 상황을 받아들이는 데 필사적이었다. 그러나 그 막은 내내, 언니와의 추억으로 나를 에워싸고 있다.
「엄마는요?」

나는 집에서 나와 혼자 살면서 대학원에서 이탈리아 문학을 공부하고 있었다. 언니가 쓰러졌을 때, 만약 언니가 식물인간이 되면 부모님께 금전적인 부담을 주어서는 안 될 것이라 생각했고, 또 마음을 가라앉힐 수 있도록 일을 하고 싶어서, 요즘 들어 갖가지 아르바이트를 하고 있다. 병원, 간호, 밤새워 일하는 술집, 대학원, 짧은 수면, 거의 먹지도 않고…… 그런 나날 속에 시간이 흘렀다. 내가 알게 된 것은, 생활의 패턴을 바꾸면 재미있을 정도로 돈이 모인다는 것이었다. 유학 비용까지 내 손으로 벌 수 있을 것 같았다.

그런 이유로, 병원에는 오지만 집에는 거의 들어가지 않았다. 전화를 통해서 매일 얘기도 하고, 병원에서 매일 만나기도 하지만, 엄마의 고통이 어느 정도일지는 상상도 할 수 없었다. 엄마야말로 금방이라도 쓰러질 듯 보였다. 병원에 오면 늘 엄마가 병실에서, 잡지를 읽고 있거나, 언니의 야윈 몸을 닦고 있거나, 욕창이 생기지 않도록 언니의 몸을 움직이고 있거나, 간호사와 열심히 얘기를 나누고 있었다. 침착한 듯 보였지만, 내면에서는 태풍이 몰아치고 있다는 것쯤, 가까이에만 있어도 전해져 왔다.

「감기 걸리셨다고 하던데」

사카이 씨가 말했다.

말 건네기가 쉬워 친구 대하듯 말했지만, 그는 벌써 마흔이 넘었다.

하는 일도 유별났다. 태극권 중에서도 특수한 유파의 선생으로, 그 사상과 실천을 가르치는 학원을 운영하고 있었다. 나는 그 외에는, 그렇게 정체 모를 직업을 갖고 있는 사람을 알지 못했다. 그러나 책도 쓰고, 배우는 사람도 분명 있고, 외국에서도 배우러 온다고 한다. 그런 일이 가능하다는 것도, 최근에야 알았다.

나는, 그를, 좋아했다. 처음 봤을 때부터. 신비스러운 긴 머리도, 색다른 빛을 발하는 눈도, 가르치고 있는 것의 난해함도, 모든 일에 대한 의외적인 반응도, 기인 혹은 괴짜라 하기에 걸맞는 풍모였다.

첫사랑이 〈모두가 보는 앞에서 올챙이를 삼킨 도오루〉였을 정도로 옛날부터 괴짜에 약한 나로서는 매력을 느끼기에 충분한 존재였다. 그 탓인가, 언니는 좀처럼 그를 만나게 해주지 않았다. 예리한 여자의 직감, 그리고 나의 성격을 속속들이 알고 있기에 가능한 대응이었다. 도무지 정체를 알 수 없는 사람이라, 불안했던 것이리라. 언니가 이렇게 되고 나서야, 처음 만났다.

병원으로 면회하러 온 그를 보고, 초췌할 대로 초췌한 데다 다소 흥분된 상태였던 나는 한눈에, 〈멋지다, 이 사람!〉하고 생각했지만, 언니 일로 머리가 꽉차서, 감정을 억눌렀다. 나는 비교적 쉽게 자기 감정을 억누를 수 있다. 마음속으로만 은밀하게 애틋함을 즐기기도 하고, 얘기를 나누다가 가슴이 두근거리는 순간조차 없어지면, 없었던 일로 할 수도 있다. 언니는 그런 나를 보고, 정말로 좋아하는 게 아닌 것 아니니? 라고 번번이 말하곤 했다. 정말 좋아하면 고통스럽고, 심장이 아프고, 감정을 억누를 수가 없어서, 설사 누가 죽는다 해도 내 마음을 관철하고 싶어지는 거야, 그래서 다른 사람한테까지 폐를 끼치게 되고, 라고도. 하기야, 발언의 경향으로 봐서, 그때 언니는 아마 불륜의 사랑을 하고 있었던 것이라고 생각한다.

그런 언니를, 신나 보이는군, 하고 생각하며 바라보곤 했다. 자기가 죽을 지경이 되었는데도 내게 사랑을 권할까? 무슨 소리, 언니는 반하기만 잘하는 거지, 사실은 내가 더 열렬할지도 모른다고! 그렇게 늘, 반발해 보기도 했었다.

하지만 그 성격의 차이가 정말이지 언제나 재미있었다.

이 기간 동안 나는 고통에 휩싸여, 처음부터 그가 마음에 들었다는 사실조차 잊고 있었다.

지금에야 비로소, 다소 마음의 여유가 생겼다. 하지만 그 마음의 여유란 곧, 내가 언니를 체념해 생겨나는 공간을 의미했다.

「11월은 어째 하늘이 높고 쓸쓸하네」

그가 말했다.

「당신은 어느 달을 좋아하는데?」

「11월」

「아, 그래. 왜?」

「하늘이 높고 쓸쓸하고, 허전한 느낌이 들고, 가슴이 두근거리고, 자기가 강해진 듯한 기분이 드니까. 하지만 공기에서 활기 같은 게 느껴지고, 겨울이 오기를 기다리는 상태라서 그렇기도 해요」

「나도」

「그렇죠. 음, 정말 좋아해요」

「나도 그래. 아 참, 귤 먹을래?」

「벌써 귤의 계절인가요?」

「아니, 무슨무슨 귤이라고, 뭐였더라, 이름은 잊었는데. 친척 분이 보내주었다고 어머니가 그러시던데」

「누구지? 규슈에 있는 이몬가?」

「글쎄」

「먹을래요. 어디 있죠?」

「여기」

그는 몸을 돌려, 텔레비전 위에 있는 바구니에서 동그란 과일을 꺼냈다. 면회를 오는 사람을 위한 텔레비전이다. 언니가 보는 일은 없다. 아주 좋아하는 스매프(SMAP : 일본의 5인조 아이돌 가수 그룹——옮긴이)의 나카이 군을 보는 일도 이제는 없다.

「아아, 이거, 언니가 좋아하는 건데」

나는 말했다. 이 귤 같은 과일은, 언니가 해마다 기다리던 것이었다.

「그래? 그럼, 냄새 맡게 해줘야지」

그는 과일을 하나 더 끄집어내, 둘로 갈라서 언니의 코에 갖다 대었다. 온 병실에 향긋하고 새콤한 냄새가 떠다니고, 나는 어째서일까, 어떤 광경을 보았다.

그것은 오후의 햇살 속, 침대에서 일어난 언니가 웃

으며,

「아아 좋은 냄새!」

하고 방울같이 울리는 목소리로 말하는 장면이었다.

물론 실제로 그런 일은 없었고, 백일몽이었다. 눈앞에 있는 언니는 갖가지 소리를 내면서, 어두운 낯빛으로 잠들어 있다. 그런데 냄새에 환기된 그 광경은 너무도 생생하여, 오랜만에 언니의 모습을 본 나는, 갑자기 울음을 터뜨리고 말았다.

「봤어?」

울고 있는 내게는 개의치 않고, 사카이 씨는 눈을 동그랗게 뜨고 말했다.

「본 것 같아요」

나는 말했다.

「언니 아직, 어딘가에 의식이 좀 남아 있는 걸까요?」

「아니, 그런 게 아니야」

그가 단호하게 말해, 나는 깜짝 놀랐다.

「지금 그건, 귤이 보여준 광경이야. 귤이 쿠니 씨에게 사랑받았다는 걸 기억하고 있어서, 무언가를 되살려 보여준 거지」

그는 말했다.

머리가 어떻게 된 것 아닐까? 하고 나는 생각했지만, 그 다음,

「아, 이 세계는 정말 멋진 곳이야!」

하고 말하는 그의 웃는 얼굴이 너무도 좋아, 내 안에서 다시금 무언가가 폭발하였고, 나는 엉엉 울어버렸다. 콧물을 흘리고, 딸꾹질을 하고, 침대에 엎드려, 울었다. 도저히 그칠 수가 없었다. 이 참에, 사이에 개재된 것이 귤이든 뽕깡(오렌지만한 크기에 단맛이 많은 일본산 귤의 하나——옮긴이)이든 상관없으니, 언니를 만나고 싶었다.

내가 울음을 그칠 때까지, 그는 아무 말이 없었다.

「갈래요, 울어서 미안해요」

나는 말했다.

「나도 가겠어」

그가 일어났다.

「하지만 같이 나가버리면 언니가 외로워서 질투할지도 모르는데」

나는 말했다.

「그럼, 밑의 매점에 가 있어」

그가 말했다.

그리고 눈과 눈이 마주쳤을 때, 나는 엄청난 일을 알

게 되었다.

그는 나를 좋아하는 것이다. 아아, 그랬었구나, 하고 생각했다.

솔직히 말해서, 기뻤다.

하지만 뾰족한 수가 없다. 지금은 그럴 때가 아니고, 나는 이제 곧 이탈리아에 간다.

밖으로 나오니 하늘은 파랗고, 매점에는 환자들과 병문안 온 사람들이 잔뜩 모여 있었다.

어째서일까, 심각해 보이는 사람은 없었다. 상태가 꽤 안 좋아 보이는 사람도 생글생글 웃고 있었다. 햇볕은 따스하고, 맛있는 음료수들이 주르륵 줄지어 있고, 모두들 행복하게 보였다. 병원은, 아픈 사람들에게는 아주 친절한 공간이라고 생각했다.

잠시 후, 사카이 씨가 내려왔다.

그는 어떤 사람으로 보일까, 나는 궁금했다. 야쿠자도 아니고, 직장인도 아니고, 기업가? 아니지. 맞아, 만화가다! 아니면 지압사 정도로 보이려나? 하고 생각하는데, 그가 다가왔다.

「차라도 마시고 가지」

그가 말했다.

「진한 커피를 마시고 싶어요」

「옆 동네에 좋은 데가 있어」

「걸어가요」

우리는 걷기 시작했다.

몇 년 전부터 이렇게 둘이 걷고 있는 듯한 착각에 사로잡혔다. 그러나 이렇게 단둘이 있기는 지금이 처음이다. 언니가 그런 일을 당하지 않았더라면 알지도 못했을 이 사람과, 병원을 함께 나서다니, 이상한 느낌이 들었다. 인생이란 무슨 일이 생길지 모른다. 나는 눈이 부어서 주위가 잘 보이지 않았다. 그만큼 짧은 시간에 무심히 한껏 울기는, 갓난아기 때 말고는 처음인지도 모르겠다.

하늘은 높고, 독특하게 투명하고, 나무들의 녹색이 조금씩 바래가고 있었다.

바람이 달콤한 마른 잎 냄새를 풍기는 듯 느껴졌다.

「앞으로 점점 추워지겠지요」

나는 말했다.

「그렇겠지. 이 계절의 아름다움은 몇 번을 보아도 질리지가 않아」

사카이 씨가 말했다.

그날은, 언제 올까, 하고 나는 생각했다.

「사카이 씨는 동생 분의 행동을 어떻게 생각해요?」

나는 물었다.

「그 녀석다운 소심함이, 그 변함없음이 감동적이기까지 해. 고향에서 과연 치과 의사 노릇을 잘 해낼 수 있을지 앞날이 걱정되기는 하지만, 성격도 원만하고 손재주도 있고 몸도 건강하니까, 괜찮겠지. 그 겁쟁이가 만약 외과를 지망했다면, 반대했을 테지만」

그는 말했다.

그의 어깨 너머로 예쁘게 마른 나뭇가지가 보였다. 아직 9월인데, 뼈처럼 앙상한 나뭇가지가 하늘로 뻗어 있었다. 그의 눈을 보고 있으니, 안심이 되었다. 깊고 강한 눈빛이, 무슨 짓을 해도 용서해 줄 것 같았다.

「응, 나도, 마음이 약한 사람이겠다 싶은 생각은 들었어요」

「그래, 그러니까, 정말 순진하니까 도망친 거지. 지금쯤 밥도 안 먹고 울고 있을 거야. 조만간 마음을 정리하고, 언니가 임종할 때는 반드시 곁에 있을 거야」

그가 말했다.

「지금, 면회도 오지 않고, 약혼 파기는 받아들이고, 그러는 게 딱히 나쁜 짓이라고는 생각지 않아」

「나도요. 언니도 그렇게 생각지 않을 거예요」

「사람들은 저마다 받아들이는 방식이 다르니까」

「그래요, 나도 이러니저러니 하면서 미래를 위해 준비하고 있고. 행동 면에서는 별로 다르지 않죠. 나나 동생 분이나. 하지만 그래도, 장례식에는 와주었으면 좋겠어요」

「오겠지, 그 꼼꼼한 성격에」

「이렇게 되었어도 결혼하겠습니다, 그럴 정도의 장애였다면, 그는 도망치지 않았을까요?」

「있을 수 없는 가정이지만, 도망치지는 않았겠지. 이번 일은, 그러니까, 가정과는 근본적으로 달라. 죽음에 이르기까지의 시간이 기묘하게 비어 있고 모두들 이 기묘한 공간에서 결단 비슷한 것을 하고 있을 뿐, 사실 쿠니 씨는 이미 이 세상에 이별을 고하고 있는 중이라고 생각해, 나는」

나는 알고 있었다. 이탈리아행 수속을 시작하고, 먼지를 뒤집어쓰고 있던 이탈리아어 회화책을 꺼내 펼치는 순간, 멈추었던 시간이 다시 흐르기 시작하고, 내 감정도 되돌아온 것이다.

슬픈 것은 죽음이 아니다, 이 분위기이다.

그, 충격이다.

충격은 머릿속에 남아 있고, 아직도 덩어리져 있다. 아무리 해도 녹아 없어지지 않았다. 가령 나 자신은, 나는 정신을 똑바로 차리고 있다고 생각해도, 그 자신감은 언니의 모습이 떠오르는 순간, 단박에 사라졌다.

그 아침, 언니는 머리를 누르면서 부엌으로 들어왔었다.

나는 그날따라 집에 들어와 있었고, 거실에서 커피를 마시고 있었다.

언니에게 〈커피 마실래?〉라고 묻자, 언니는,

「머리가 너무 아파서 안 마실래」

라고 유독 상냥한 목소리로 말했다.

나는, 이제 곧 시집을 갈 것이고, 더구나 머잖아 남편이 가업을 잇기 위해 고향집으로 내려가면, 따라서 멀리 떠날 언니를 생각하고, 약간 감상적인 기분에 젖어 있었다.

이제, 천창 얘기를 하는 일도, 그 바람이 실현되는 일도 없을 것이라 생각했다.

그때, 어질어질하도록, 어린 시절의 추억이 되살아났

다. 공기며, 냄새며, 머리맡에 쌓여 있었던 잡지며, 그 모든 것이. 가슴이 답답하도록 즐거웠던 일들뿐이었다고 생각했다.

그래서, 두통에 좋다는 허브차를 선반에서 찾아내 끓여주었다. 언니는 생긋 웃고는, 차와 함께 아스피린을 두 알 삼켰다.

아무런 예감도 없었다. 있었다면 막았을 것이다.

여느 때의 잠옷에, 여느 때의 머리 스타일이었다.

언제든 지금밖에 보고 있지 않은데, 시간의 흐름은 왜 이렇듯 슬픈 것일까. 꿈도 잘 꾸고 반하기도 잘하는 언니에게 억지로 이끌려, 한밤에 언니의 첫사랑 남자의 집 창문을 보러 가곤 했다. 둘이서 워크맨의 이어폰을 서로의 한쪽 귀에만 꽂고, 그때 좋아하는 곡을 몇 번이고 되풀이해 들으면서 밤길을 걸었다. 언니가 좋아하는 그에게는 관심이 없어도, 언니가 좋아하는 사람이 사는 아파트 밑에 서서, 불 켜진 창을 바라보는 것은 가슴 찡한 일이었다. 별이 줄곧 우리 머리 위에 있었다. 음악을 들으면서 걸으면, 아스팔트가 가까이 보였다. 자동차의 헤드라이트도 아름답게 보였다. 어렸는데도, 남자들이 농을 걸기도 하고 치한을 만날 뻔하기도 하고, 스릴이 있었다. 그래도 둘이서 걸으면, 무서울 것이 없었다.

감상이, 갇혀 있었던 어떤 영역에서, 잇달아 흘러나왔다.

죽음은 슬프지 않다. 감상에 짓눌려 숨이 갑갑해지는 것이, 고통스럽다.

이 가을의 높은 하늘에서 도망치고 싶다. 그렇게 생각했다.

「사카이 씨, 나를 어떻게 한 거예요? 눈물이 멈추질 않아」

「덮어씌우긴」

그는 말했다. 말하면서, 울고 있는 내 손을 쥐었다.

그 따스함이 나를 더욱 감상적으로 만들었다.

「오늘은 우는 날이야, 마음껏 울어」

「사카이 씨, 언니 좋아했어요?」

나는 말했다.

「아니, 그 동생에게 접근하고 싶어서, 문병을 갔던 거야」

그는 말했다. 나는 웃고 말았다.

「안타깝네요, 난 이탈리아로 갈 건데」

「안타깝군」

그는 전혀 안타까운 듯 보이지 않아, 속내를 알 수 없었다.

「하지만, 언니는 알고 있었지요?」

나는 말했다.

「알고 있었지」

「언니에 대해서 무슨 얘기 좀 해봐요」

「음」

그는 고개를 끄덕였다.

「동생이 미팅에서 다른 여자의 전화번호를 듣고 메모를 해서 수첩에 끼워둔 모양이었어. 그리고 집에 돌아왔는데, 마침 쿠니 씨가 있는 데서, 그 메모지가 수첩에서 팔랑팔랑 떨어지자, 쿠니 씨, 화가 버럭 나서, 보는 앞에서 수첩을 갈기갈기 찢어버렸어」

「뭐라고요?」

「난, 그날 동생 집에서 자기로 했었거든. 그래서 같이 있었는데, 방안 가득한 분노의 공기를 감지하고, 틀림없이 한밤에 대판 싸우겠다 싶어서, 귀를 막고 먼저 자리에 누웠는데, 쿠니 씨 의외로 뒤끝이 없더라고. 그 다음은 보통이었어. 괜한 억지 부리지도 않고, 없었던 일로 하는 것도 아니고, 보통이었어. 그때 처음, 참 아름다운 사람이란 걸 알았지. 그때까지는 화나면 무서울 것 같은, 그런 평범한 여자인 줄로만 알았었는데. 둘이서, 아기자기하게 얘기를 나누더라고. 내일 뭐 먹을래, 라느니 우리, 형님한테 맛있는 거 만들어주자느니 하고. 공원 옆에 빵집이 새로 생겼던데 빵 사다 줄까? 아니, 다 같이 먹으러 나가자. 쉬는 날은 정말 좋다. 응. 이렇게 말이야. 나를 깨우지 않으려고 소곤소곤 얘기하더라니까」

「알아요. 언니는 그런 사람이에요」

그렇게 말하자 나는 또 눈물이 나왔다.

「오늘은 왜 이렇게 눈물이 나오는 거지?」

「슬퍼서가 아니야, 충격 때문이지. 당시의 충격이, 지금, 대단원을 맞이해서, 되돌아와 있는 거야. 시간도 걸릴 테고, 지우기 힘들 거야」

「어떻게 그렇게 잘 알아요?」

「당신 일이니까」

그가 말했다.

「말만이라도 고마워요」

지금이 아닌 때에, 이런 상황이 아닌 때에 얘기를 나눌 수 있었다면 좋았을 텐데, 하고 생각했다. 지금의 내게는 시간과 공간이 필요했다. 그러나 그의 여유로움에는 그런 것에 개의치 않게 하는 넉넉함이 있었다.

찻집에 들어서자, 손님은 하나도 없었다.

우리는 창가 자리에 앉아 커피를 마셨다. 언니란 존재 외에는 모든 것이 자연스러웠다. 언니는 나의 세계에, 소리 없이 쏟아지는 꿈처럼 젖어들어 있었다. 위태롭게도, 그것은 내게 싫은 일은 아니었다. 내내 이대로 있어도 좋다는 생각마저 들었다. 언니가 이 세상에서 없어지느니, 차라리 이 편이 훨씬 편하다.

「쿠니 씨가 저런 상태라서 불행하다고, 누가 말할 수 있겠어」

사카이 씨가 말했다.

「그녀에 대해서는 그녀 자신밖에 몰라. 다른 사람이 생각할 일이 아니지. 생각할 수 있어도, 그녀가 무력해져 있을 거란 기분이 들어」

「나도 그렇게 생각해요. 우리는 사이좋은 자매로, 내내 행복했어요. 지금이 아마 제일 힘겨운 때일 거예요. 엄마는 감기에 걸린 게 아니라, 정신적으로 갈팡질팡하는 것일 테고. 하지만 언젠가는 반드시, 다른 분위기가 우리 가족을 감싸는 날이 오겠죠. 지금, 이 창문에서 보이는 경치 속에서는 상상할 수 없을 만큼, 다르고 좋은 분위기가 찾아오겠죠. 하지만 그걸 기다리기는 이제 싫어요. 처음에는, 기적이 일어나기를 줄곧 기다렸으니까」

「싫은 게 당연하지」

사카이 씨가 고개를 끄덕였다.

「모두들, 충격을 받은 거야. 나처럼 먼 사람조차. 저, 귤들까지도. 쿠니 씨가 없다는 것에」

「이런 일이 많은가 봐요. 지금 이러고 있는 동안에도, 온 세상에 이런 일이 가득한가 봐요. 병원 안에도 잔뜩 있고. 많은 얘기를 했어요. 많은 사람들의 갖가지 결단을 들었어요. 지금까지, 이런 세계가 있는 줄은 몰랐어요」

「그런 거야. 그리고 그런 창문을 통해서 보고 있는 거야. 다른 각도에 있으면, 그런 사람들이 이 세상에 있다는 것조차 생각지 않을 수 있어. 하지만, 생각을 하든 안 하든, 늘, 그런 일도 생기고, 또 다른 많은 일도 생기고 있어」

「사카이 씨는 어느쪽이죠?」

「눈앞에 있는 다가온 것만 열심히 생각하는 타입」

그는 말했다.

나는 비로소, 진심으로 웃었다.

웃고 있으려니, 모든 것을 잊을 수 있었다.

창밖에는 가게들이 즐비하고, 수수께끼 같은 음악 소리가, 찻집에 흐르는 모차르트를 지우고 있었다.

생각도, 희망도, 기적도 없이, 언니가 이 세상을 떠나려 하고 있다. 의식도 없고, 몸은 따뜻하고, 모두에게 시간을 주고. 그 시간 속에서, 나는 조그맣게 웃었다. 거기에는 영원이 있고, 아름다움이 있고, 그 안에는 언니가 분명 존재하고 있었다. 뇌와 몸이 따로따로 죽는 날이 온다는 것을, 옛날 사람들은 상상할 수 있었을까? 그것은 이미 죽는 본인의 문제가 아니라, 주위 사람들이 평소에는 생각지 못했던 것을 생각할 수 있는 시간을 확보하기 위한, 신성한 시간이었다.

견딜 수 없음에 잠길수록, 신성함이 훼손되었다.

그리고, 이렇게 조그만, 희미한 틈새에 생긴 예쁜 시간이야말로 내게는 기적처럼 여겨졌다. 견딜 수 없음도, 눈물도 사라지고, 이 우주의 위대한 움직임이 다시금 내 눈 속에 비치는 우연한 순간, 나는 언니의 혼을 느낀다.

그렇다는 걸 이 남자는 잘 알고 있다고 생각하고 나는

조금 더 깊게, 사카이 씨에게 호감을 품었다. 내게 사랑이란 언제든 의외성과 함께 찾아온다. 어떻게 이런 때에 이런 생각이 나는 것일까, 그런 생각을 쉬지 않고 품게 해주는 사람을 좋아한다. 이렇게 마음 약하게 풀이 죽어 있는데도, 그것은 변함이 없다.

「11월의 저녁이로군, 마지막 가을의 냄새가 나」

그가 창밖을 보면서 말했다.

「이제는 밝게 사는 수밖에 없겠지요」

「무리하지 말고, 밝게 말이지」

「푹 빠져 있으면 언니가 멀어져 갈 거라고, 오늘 아침에 엄마도 그러시대요」

「어머니, 그 짧은 기간에 용케 그런 말까지 하게 되셨군」

마침 가로수의 가지가 보이고, 젊은이들이 즐겁게 떠들어대며 헌옷 가게를 들여다보고 있었다. 그 옆에는 채소 가게가 있어, 온갖 색의 채소가 전등 불빛에 반사되어 예쁘게 보였다. 감의 색. 그리고 우엉과 홍당무의 색. 아무리 보아도 질리지 않는, 신이 만든 색이다.

한 달 전의 나는, 설마 한 달 후의 내가 이렇게 차분한 기분으로 채소를 찬미하면서 커피를 마시리라고는 생각도 못했다. 무슨 일이 생길지 모른다. 우리 모두의 마음은, 조용히 언니의 인생을 떠나보내려 하고 있다. 아니, 어쩔 수 없이 그쪽으로 기울어가고 있었다. 소리 없이 가을이 깊어가고 겨울이 오는 것처럼, 정확하게 그 길을 걷고 있었다.

별

그날 저녁, 나는 언니의 회사에 갔다. 알지 못하는 사람들의 눈물 젖은 말을 이러니저러니 들으면서 맥이 쭉 빠졌지만, 모두의 마음은 아플 정도로 헤아릴 수 있었다.

언니의 책상을 정리하고 있었더니, 옆자리의 여직원이, 「손이 너무너무 닮았네요」라며 울었다. 벗은 몸도 똑같아요, 라고 말했지만, 웃음으로 답해 줄 상황이 아니어서, 그녀는 울면서 일찍 퇴근하고 말았다.

모두들 장례를 치르는 사람들처럼 나를 만지고 싶어하여, 기분이 언짢았다. 하지만 그 마음도 잘 알 수 있었다. 또 언니가 발랄하고 일도 잘하고 컴퓨터에 강했다는 것도 알 수 있었다. 게다가 정리정돈이 잘돼 있어, 거의 정리할 것이 없었다.

사물함에 들어 있는 무지막지한 스키화니, 시작한 지 오래지 않은 스노보드 도구니, 왜 회사에 있는 것일까, 여겨지는 것들이 잔뜩 있었다.

언니가 주고받은 메일을 플로피디스크에 저장하고, 컴퓨터의 하드디스크에서 언니의 개인 정보를 삭제할 때는 마침내 나도 울음을 터뜨리고 말았다. 거들어주던 남자 직원도 울었다. 모르는 사람과, 언니가 있었던 비서실에서 휴지를 주고받았다. 그 작업은, 인공호흡기에 연결되어 있는 언니의 동공이 내내 열려 있는 것보다, 훨씬, 슬펐다. 그런 말을 하자, 알 것 같다고 그 남자가 울면서 말했다. 그는, 나와 같이 있자니 언니와 함께 있는 것 같아 몹시 괴롭다고 말했다. 내 목소리며 몸짓에, 언니가 없어졌음을 확인하게 된다고 말했다. 언니가 생각난다고.

나는 언니의 생활을 잘 몰랐다. 중역의 비서라는 것밖에는.

하지만 그냥 사람이 하나 없어졌을 뿐인데도, 회사 사람들 사이에 이렇듯 잔물결이 인다. 그것은 영원히 사라지지 않는다. 그런 것을 보니, 세상은 그런대로 살 만한 곳이란 생각이 들었다. 좀더 간단하게, 〈회사가 언니를 죽인 거라고요!〉라고 고함이라도 지를 수 있는 성격이라면 좋았을 테지만, 언니를 죽인 것은 언니 자신과 언니의 불운함이었으니, 화풀이도 할 수 없었다. 그보다 언니가 남긴 조그맣고 정성스럽고 귀여운 빛만이, 가슴에 남았다. 사랑하는 이 사람들이 고생하지 않도록, 언니는 몸과 마음을 혹사했던 것이리라. 아무에게도 잘못은 없다. 그리고 회사란 냉정하여, 빈틈없이 인수인계를 하려는 사람에게 〈대충 하고 가서 쉬어야지, 안 그러면 쓰러져〉라고 일러주지 않는다.

눈이 빨갛게 충혈된 두 사람이 짐 정리를 끝낼 즈음, 아버지가 찾아와 언니의 상사와 사장에게 인사를 했다.

나와 아버지는 인사를 하고, 언니의 물건을 지하 주차장으로 날랐다. 많은 사람들이 도와주었다. 두 번 다시 만날 일이 없을, 친절한 양복 차림의 사람들. 그럭저럭 짐을 다 싣고, 나는 손을 흔들었다. 거의 모두 처음 만나는 사람들인데, 어째서인지 나는, 내가 거기서 일을 하다가 결혼을 앞두고 퇴직하여 짐을 옮기고 있는 듯한 착각에 빠졌다.

「아빠, 왜 작은 차 가지고 왔어요? 왜건 가지고 오라고 했더니만」

차가 움직이기 시작하고서야 나는 입을 열었다.

「엄마가 병원에 타고 가버렸어. 엄마도 너무 지쳐서 오락가락하니까, 혼자서 아무 생각 없이 타고 가버렸다. 주차장에 내려갔더니 이 차밖에 없었어. 어쩔 수 없잖니」
아버지가 말했다.

언니의 짐 덕분에, 나는 이상하게 일그러진 형태로 조수석에 앉아 있었다.

그 각도에서는, 거리의 가로등이 묘하게 다가와, 예뻤다. 그리고 별이 많이 보였다. 속은 울렁거렸지만, 왠지 모르게 신선하고, 짧은 시간 동안이라면 견딜 수 있을 것 같았다.

「딱히 상관은 없지만」
「낮은 데서 종알거리지 말거라」
아버지가 말했다.

「그럼 어떻게 해요? 아빠 다리에 머리 올려놓아도 돼요?」
「그러렴」
「어린 시절로 돌아간 것 같아」

나는 말했다. 아버지의 허벅지는 옛날의 딱딱함 그대로였다.

「젊고 예쁜 여자 머리에 흥분해서, 고추 딱딱해지면 안 돼요」

「넌, 어떻게 아버지한테 그런 버릇없는 농담을 하는 거냐」

아버지는 말했다. 별이 예뻤다. 거리는 쉬지 않고 흘러갔다.

「언니 말이지, 이제 곧 호흡기를 뗀다는구나」

그것은 거의, 옛날에 오래도록 길렀던, 아버지를 제일 따랐던 개가 죽었을 때, 〈포치가 죽었구나〉라고 하셨던 말과 다르지 않았다. 그 정도로 슬픔도 깊다는 뜻이었다.

「어쩌다 이런 일이 생겼는지, 나쁜 꿈을 꾸고 있는 것 같다」

아버지는 말했다.

나쁜 꿈.

「나쁜 꿈이죠」

나는 말했다.

그리고 둘 다, 침묵했다. 아버지의 바지 냄새를 맡

았다.

차 안에서는 공교롭게도, 언니의 짐에서 흘러나오는 언니의 향수 냄새도 풍겼다.

나는 내가 쓰는 향수를 이 향수로 바꿔야지, 하고 생각했다. 언니가 뒷좌석에 앉아 있는 것 같고, 정말 어린 시절로 돌아간 느낌이었다.

곧잘, 가족끼리 드라이브를 하러 나갔던 시절로.

조숙했던 언니가 10대에 사용했던, 겔랑 향수.

「너, 그 남자하고 사귀고 있냐?」

아버지가 뜬금없이 물어, 나는 퍼뜩 정신을 차렸다.

「누구? 아까 같이 울었던 언니네 회사의 그 뚱뚱한 남자?」

「아니, 그, 좀 이상한 형 말이다」

아버지는 말했다.

「사카이 씨요? 그런 사이 아니에요」

나는 대답했다.

「그런 식으로 얘기하지 말아요. 그 사람 좋은 사람이에요」

「그건 그렇다만, 네가 그 형하고 혹 결혼이라도 하면, 그 겁쟁이 동생이 친척이랍시고 또 만나러 올 텐데, 그런 생각 하면 견딜 수가 없다. 아아, 상상만 해도 부아가 치미는구나」

아버지는 말했다.

「그런 일은 없을 거예요. 더구나, 지금은 사귀는 것도 아무것도 아닌걸. 하지만 형님은 상당히 멋진 사람이에요. 전 그렇게 생각해요. 어찌되었든 동생도 언니가 좋아했던 사람이니까, 나쁘게 말하고 싶지만, 그러지 말자고요」

「진심으로 하는 말은 아니다. 그렇지만 대체 뭐냐, 고향으로 내려가 버리다니. 참 내 어처구니가 없어서. 그런 마음가짐으로 우리 딸과 결혼을 하려 했다니, 돼먹지 못하게」

지금은 악역이 필요할 때라 생각하고 두둔하기를 그만두었다. 언니의 약혼자였던 사람의 성격조차 제대로 모르고 있다. 언니가 그를 좋아하여 늘 그렇듯 푹 빠져 있었다는 정도밖에는.

「정작 큰일이 닥쳤을 때 도움이 안 되는 사람이 결혼도 못하게 되었으니, 잘됐다고 생각하자고요」

나는 말했다.

「잘된 게 뭐가 있니, 지금?」

아버지가 말했다.

「말이 그렇다는 거죠」

「괴롭구나, 정말 괴로워」

아버지의 목소리는 당신의 뱃속에서 울려나왔고, 차멀미까지 겹쳐 나는 또 울었다. 요즘 나의 눈물에는, 특히 추억과 이어져 있는 눈물에는 거의 아무런 의미도 없다. 반사적으로 그냥 흘러나오는 눈물은 참새의 눈물 같은 것이었다. 아버지도 그 점을 간파하고 잠자코 있었다.

그러고 있어도, 태어나 자란 거리가 휙휙 흘러갔다.

「엄마 힘들려나. 오늘은 집에서 자고 갈까 봐요. 이 짐 정리도 하고 싶고」

「그렇게 하려무나」

아버지는 말했다.

「집에 가서 뭐 만들어드릴게요」

「찌개가 좋겠다. 따끈한 것이 먹고 싶구나」

「그럼, 슈퍼마켓에 들렀다 가요」

후끈한 차 안에서 그런 대화를 나누고 있을 때, 어라, 하고 생각했다.

또 좋은 시간을 보내고 말았다.

언니는 견딜 수 없음뿐만이 아니고, 마냥 농도 짙은

시간도 주었다, 그렇게 생각했다. 이 세계에서는, 좋은 시간이 백 배 더 좋아진다. 그 빛을 잡지 못하면, 견딜 수 없음만이 배가된다. 하루하루가 좋은 의미든 나쁜 의미든 전쟁이었다. 머리가 멍한 상태에서 언니를 보내고 싶지 않았다.

음악

　며칠 후, 언니의 몸에 연결되어 있던 인공호흡기를 떼어냈다. 그리고 모두가 사망을 확인하였다.
　이미 언니의 뇌는 녹아버렸다, 책에서 읽은 바로는. 하지만 곁에서 보기에는 평소와 다름없는 얼굴이었다. 화장을 했더니, 언니는 더욱 그랬다. 출근이라도 할 것 같았다. 언니가 쓰던 파운데이션을 만져보았다. 깔끔한 언니는 거울도 말끔하게 닦아놓았고, 스펀지도 깨끗했다. 그 하나하나마다 언니를 느꼈다. 언니가 좋아하던 옷을 입히고, 좋아하던 꽃으로 장식했다.

언니는 예쁜 얼굴로 화장터로 옮겨졌다.

멍한 머리로 이 순간을 맞이하지 않겠노라 생각했었지만, 역시 내내 멍했다. 눈이 싫다면서 눈앞에 있는 것을 보지 않으려 하는 듯한 느낌이었다. 그야말로 꿈속을 헤엄치는 느낌이었다. 머리가 띵하여 눈앞의 일을 후딱후딱 처리할 수밖에 없었다. 엄마는 하룻밤밖에 잠을 이루지 못했다.

언니의 임종 때 사카이 씨는 오지 않았지만 그의 동생은 왔다. 아버지에게는 얻어맞고, 엄마는 그에게 눈물을 보였지만, 언니의 마지막을 지키고 장례식도 거들어주었다. 그러느라 그가 보여준 끈기는 대단했다. 나 같으면, 쳐다보는 그 눈길 때문에라도 다시금 도망치고 싶어졌을 것이다. 그와 조금은 얘기도 했다. 나쁘지 않은 성품이었다. 사실은 오랜 시간을 두고 천천히 서로를 알아가고, 얼굴도 종종 마주칠 사람이었다. 그러나 이런 기회에 얘기하고, 다시는 만날 일도 없을 사람이 되었다. 인연이란 불가사의하다. 하지만 와주었으니, 언니도 기뻐할 것이다. 사랑으로 살았던 여자였으니까.

언니가 정말로 죽어 면회를 갈 일도 없어지자, 역시

쓸쓸했다.

 목욕탕에서, 옛날에 언니에게서 해외여행 기념으로 받은, 좀처럼 닳지 않았던 불가리 동물 모양 비누가, 이제는 동물 모양이 아니라 그저 딱딱한 덩어리가 되어 있는 것을 보고 나는 또 엉엉 울었다.

 시간이, 가버린다.

 아니 실은 언제든 시간은 가버렸는데, 그것을 의식하는 일이 별로 없었을 뿐이다. 이제는, 그런 별 생각 없는 때로 돌아갈 수 없다. 사소한 일이 가슴을 찌른다. 요즘 내 감수성의 세계는 마치 실연당했을 때 같다.

 죽어가는 모습이나마 언니의 육신을 만나고 싶어했다는 것을, 새삼 깨달았다. 입원중에는 별 생각 없이 그 비누를 꺼내 쓸 수 있었으니까.

 몰두할 것이 이탈리아어밖에 없어, 어학은 숙달되었다.

 이제는 유학. 그리고 그동안 부모님께 효도하기 위해 종종 연락을 취할 것. 좋은 직장을 얻기 위해서라도 정력적으로 활동할 것. 자신의 인생을 중단시킨 곳에서, 일그러진 모양으로, 혹은 무언가를 얻은 모양으로 되돌이켜가려면, 상당한 에너지가 필요했다. 이제 우리 부모에게 자식은 나밖에 없다. 그 사실 또한 늘 머리에서 떠나지 않았다.

 사카이 씨를 만난 것은 언니의 장례식 날과, 그로부터 일주일이 지난 일요일 저녁이었다. 그를 만나기에는 어째서인지 저녁때가 어울린다고 생각했다.
 상복 차림으로 도시락을 주문하려고 이리저리 뛰어다니던 나는, 사카이 씨를 보고는 안도하였다. 강한 빛, 홀로 서 있는 존재가, 그 심정을 배려하지 않아도 좋을 존재가 지금, 이 절 안에 있다는 것만으로도, 마음이 느긋해져 나는 생글생글 웃으며 그에게로 뛰어갔다.
「다음에 언제 시간이 나지?」
 그가 물었다.
「이런 데서 그런 말 하지 말아요」
 나는 웃었다.
「일요일은? 일요일 시간 있나?」
 그가 말했다.
「음, 있을 거예요」
 우리는 약속을 했다. 오후의 햇살로 가득한 절은 한가로운 분위기였다. 그는 산책하고 오겠노라며 무덤들 사이로 사라졌다.

하늘은 파랑에 엷게 하양을 섞은 듯한, 도쿄 특유의 모호한 색이었다. 묘지의 나무들은 싸늘하게 말라 있고, 모두들 검은 코트를 입고 까마귀처럼 움직이고 있었다. 추위는 느끼지 못했다. 다만, 사카이 씨로 인하여 안도하였다. 누군가가 살아 있다는 것만으로, 그 존재에 이렇듯 의지하게 되는 감각을 처음으로 알았다. 그것은, 자기가 가녀린 작은 새가 되어, 둥지 속에서 하늘을 보는 듯한 감각이었다. 그의 정체를 알 수 없음도, 그의 냉정함도, 무책임함도, 근거를 알 수 없는 명랑함도, 적당주의도 모두 아무 상관 없었다. 가없이 펼쳐져 있는, 그라는 공간에서, 날개를 접고 쉬었다. 그것만으로도 족했다. 그저 그뿐인 관계인지도 몰랐다. 앞으로도 영원히.

언니가 죽은 뒤부터 나는 언니가 좋아했던 카레만 먹고 있다.

그래서 사카이 씨하고도 당연히 카레를 먹으러 갔다.

그 카레집은 좀 색다른 가게였다. 땅바닥에 앉아 인도 카레를 먹는 곳이었다. 창밖에서 사람들이 멀뚱멀뚱 쳐다보다 가곤 했다. 하지만 우리는 땀을 흘리면서, 열심히 카레를 먹었다.

「사카이 씨, 애인 있어요?」

나는 물었다.

「지금은 딱히. 친구 정도는 있지만」

그는 말했다.

「언젠가 또 이렇게 만날 수 있을까요?」

나는 말했다.

「만날 수 있겠지, 그리 오래지 않아서」

「지금은 시기가 안 좋아서 잘 모르겠지만」

「지금 당장 사귀자고 하면, 내가 놀랄 거야」

「참, 장례식 때 동생 분하고 얘기 많이 나눴어요」

「마음이 약한 사람이라고 생각했겠지?」

「그래요. 내내 울기만 하더라고요」

「저 말이지, 경험한 적도 없는 일을, 다 아는 척 얘기하는 거 무지 싫어하니까, 별 말은 하지 않았지만, 미안해. 나는 가까운 사람의 죽음을 경험한 적이 있어. 하지만 이런 형태는 아니었고, 부모가 된 적도 없으니까, 동생은 물론 누구에 대해 생각해도 잘 파악이 되지 않아. 쿠니 씨도 마찬가지야. 당신 역시도. 잘은 모르겠지만, 어떤 일이 일어나고 있는지 일단 내 눈과 내 귀로 보고 들은 것, 느낀 것에 대해서는 파악하고 있는 부분도 있다고 생각해. 하고 싶은 말이 굉장히 많아. 그런데 정작 입으로는 나오지가 않아」

정색하고 그가 말했다.

「이런 일은 경험한 사람 쪽이 더 적어요」

나는 웃으면서 말했다.

「누군가 알아주었으면 좋겠다는 생각은 하지 않아요. 하지만, 친절하게 대해 주고 있다는 건 알아요」

밖으로 나오자, 별이 빛나는 겨울 하늘이 있었다.

「옛날에 읽은 어떤 책 속에, 길모퉁이에서 아주 아름다운 음악을 들으면, 죽을 때에도 그 음악이 흐른다는 내용이 있었어. 주인공이 어느 화창한 오후에 길을 걷고 있는데, 건너편 레코드 가게에서, 이루 형용할 수 없이 아름다운 음악이 흘러나와서, 그는 앉아서 그 음악을 들어. 그의 정신적인 스승은, 인간 생활의 어떤 측면에든 죽음이 현재한다는 증거라고, 그의 운명이 그에게 보여 준 증거라고 말하지. 그가 세상을 떠날 때, 지상에서 가장 아름다운 그 트럼펫 소리가 들릴 것이라고, 그렇게 말해 주지」

그는 말했다.

「나도 그런 경험 한 적 있어요」

나는 말했다.

「어느 겨울 오후에, 아까 그 카레집에 있었어요. 혼자서 챠이를 먹고 있었죠. 유선 방송에서 레게 음악을 틀어줘서, 지금까지 들어본 적 없는 낯선 레게 음악이 계속 흘러나왔어요. 그런데 그중의 어떤 곡이, 내 머리에 선명하게, 번개처럼 파고들었어요. 여름방학에 대해서 남녀가 노래하는 곡이었어요. 그거랑은 별 상관도 없고, 시답지 않은 노래였는데, 내 머릿속으로 직접 울려 퍼지는 거예요. 겨울이었는데도, 나의 머리는 한여름의 햇살로 가득해졌어요. 그리고, 알게 되었죠. 나는 여름날 오후에 죽으리라는 것을. 확신했어요. 정말 그렇게 될지는 잘 모르겠지만」

「아마도 그런 걸 거야」

「언니의 마지막 곡은 무엇이었을까요?」

나는 말했다.

거리로 싸늘한 바람이 불었다. 오가는 사람들이 별로 없는 주택가를, 우리는 차를 마실 수 있는 곳까지 걸어갔다. 언제까지고 이 길이 끝나지 않으면 좋겠다고 나는 생각하고 있었다.

「어떤 곡일지 그것도 모르겠지만, 그 마지막이란 게 언제일까? 의식이 없어진 때? 대뇌가 손상을 입은 때? 아니면 뇌사했을 때? 인공호흡기를 뗐을 때?」

그는 말했다.

「언젠가 스스로 그걸 확인하는 날이 오겠지」

가혹한 화제였는데, 그가 말하니 전혀 화가 나지 않았다.

검은 그림자를 드리운 마른 가지를 뻗은 가로수 터널을 통과하듯 걸으면서, 나는 워크맨을 꺼냈다.

「언니가 마지막으로 편집한 MD에, 딱 두 곡이 들어 있었는데, 그걸 계속해서 듣고 있어요. 아까 했던 말하고 이건, 아마 아무 관계 없겠지만」

「무슨 곡인데?」

「어스 윈드 앤 파이어 Earth, Wind & Fire의 「셉템버」하고, 유밍 Yuming의 「길 떠나는 가을」이란 곡」

「뒤죽박죽이로군! 가을을 테마로 엮은 걸까?」

「그럴 거예요, 아마. 하지만 유밍은 알 것 같아요. 언니는 마츠토야와 결혼한 것을 저주할 만큼 아라이 유미 (일본의 유명 여자 가수. 〈유밍〉은 그녀의 애칭이다——옮긴이)의 팬이었으니까」

음악 129

「어어, 그래. 아무튼, 세대 차이가 느껴지는 얘기로군」
「걸으면서 같이 들어요」

말하고서, 옛날에 언니와 그랬던 것처럼, 서로의 귀에 한쪽씩 이어폰을 끼고 음악을 들었다. 그것은 선택되어서가 아니라 우연히, 언니의 마지막 9월에 흘렀던 곡이었을 것이다. 언니가 살아 있었다면, 다시 편집되고 덧붙여져, 차 안에서 흘렀으리라. 마지막 9월, 아직도 여름의 기운이 남아 있는 높은 하늘을 올려다보며 언니는 마지막 날들을 보냈다. 11월, 언니는 이미 없다.

「그러고 보니, 동생이 노래방에서 이 노래를 곧잘 불렀던 것 같은걸」

사카이 씨는 큰소리로 말했다.

「「셉템버」를?」
「응」
「별나네. 하지만 이유를 알겠어요」
「그래, 그래서 편집해 넣은 거겠지」
「잘 불러요?」
「동생 혼자 부르는 어스 윈드 앤 파이어의 노래? 잘 부르기는 하는데, 듣기 괴롭지」
「흐음」

둘이서 노래를 부르며 걸었다. 9월 21일 밤을 기억하는가, 하고 경쾌하게 흥얼거리면서. 그러자 귓전에서 울리는 음악에 맞추어, 길이 한층 가까워지고, 하늘이 드넓게 보였다. 세계가 조금씩 아름답게 느껴지고, 추위도, 밤의 어둠도 갑자기 아름다운 반짝임으로 변했다. 내 발이 대지를 차는 감촉이, 내 심장이 뛰는 소리와 공명하는 것을 알 수 있었다. 마치, 어린 시절 언니와 함께 걸었던 그 세계가 되살아난 듯한 느낌이었다. 아아, 그립다, 하고 나는 생각했다. 이 감각이야말로 나를 이 세상으로 밀어내고 키운 힘이었다.

음악이, 세상에 둘도 없이 음산한 아라이 유미의 그 곡, 어째서인지 언니가 제일 좋아했던 그 곡으로 바뀌었을 때, 사카이 씨가 말했다.

「지금은 한겨울이고, 당신 마음은 충격으로 요동치고 있어. 하지만 여름이 오고, 내가 이탈리아로 놀러 가면, 당신 이탈리아의 시골 마을을 안내해 줄 거지?」

「물론!」

나는 말했다.

「나도, 당신도 운이 없는 건 아니지? 이 분위기에 휘말려 있을 뿐이지? 지금은 안 되겠지? 그렇지만 아무튼, 지금은, 안 된다는 것뿐이겠지?」

「그럴 거예요」

우리의 눈에는 아직도, 언니에게 이어져 있던 그 관이며 인공호흡기의 소리며 창문으로 새어드는 아픈 빛이 각인되어 있다. 나는 말했다.

「매일 파스타를 먹고, 화창한 오후에는 온갖 경치를 보러 나가요. 다리가 아파질 때까지 걷고, 포도주를 마시고, 같은 방에서 자요. 여름에는, 더워서 미칠 듯한 빛 속에서, 지금과는 다른 기분을, 서로 다른 창문에서 보도록 해요. 그럴 수 있을 때까지, 당신을 잊는 일은 없을 거예요. 이상한 때에 알게 된 채로 끝내고 싶지 않아요. 하지만 지금은, 아무 생각도 할 수 없어요」

「그래」

그는 고개를 끄덕였다.

귓속에서 오로지 음악만이 울렸다. 겨울의 별은 언제 누구와 올려다보아도 늘 변하지 않고 그 자리에 있다. 변하는 것은 나뿐이다. 오리온자리의 별 세 개가 변함없이 거기에 있었다. 언니와 다투어 찾아내곤 하던 그 모양 그대로.

……그래, 그 노래처럼, 영원히 찾아오지 않을 한 번

뿐인 올가을은, 오늘밤 겨울의 앙상한 나뭇가지 사이로 빠져나가, 저 멀리로 떠나가 버릴 것이다. 그리고 아직 보지 못한 겨울이 힘차게, 잔혹하게 찾아오는 것이다.

옮긴이의 말

　어느 한순간, 오랜 시간 더불어 살았던 애틋한 사람이 이 세상을 떠난다는 것은 참 받아들이기 어려운 감각일 것 같습니다.
　때론 아옹다옹 말다툼을 하기도 하고, 때론 살을 맞대고 온기를 나누기도 하고, 때론 같은 꿈을 그리며 시간을 공유했던 사람이 어느 순간 곁에서 사라져버린다니 말이죠.
　방금 전까지 그 숨소리를 들을 수 있었고 그 실체를 더듬을 수 있었던 살아 있는 인간이, 하얀 뼛가루가 되어

허공으로 흩어지고 싸늘한 땅속에 묻혀 두 번 다시 볼 수도, 얘기할 수도 없어진다니 말이죠.

그것도 갑작스럽게, 남은 사람이 마음의 준비를 할 여유도 없이 사라져버린다면 그 당혹감은 뭐라 형용할 수 없을 것 같습니다.

나이 드신 부모님이든, 정들었던 형제자매든, 사랑하는 연인이든, 순간적인 떠남으로 생긴 횅한 자리는 무엇으로도 메울 수 없고 그냥 그대로 영원히 남아 있습니다.

그러나 죽음이란, 타인의 죽음이란 〈불운Hard Luck〉을 통하지 않고서는 경험할 수 없는 것이기에 살아 있는 사람에게는 늘 죽은 사람의 불운과 빈자리를 껴안고 〈하드보일드Hard-boiled〉하게 살아야 하는 숙제가 남습니다.

그 부재가, 그 숙제가 버거울 때 우리는 꿈을 꿉니다.

꿈속에서나마 만나, 부재를 부정하고 숙제의 무게를 덜고 싶어합니다.

그 목소리에서 삶의 힘을 얻고자 합니다.

아니 어쩌면 부재를 재확인하고, 숙제의 무게를 새삼 가늠하고픈 것인지도 모르겠습니다.

그러고 보면, 살아 있는 사람에게 누군가의 죽음이란

몸이 부서져 없어졌을 뿐, 기억으로, 추억으로, 꿈으로, 그리고 부재의 인식으로 영원히 남아 있지 않나 싶습니다.

없음이 있음으로 함께하지 않나 싶습니다.

요시모토 바나나가 『하드보일드·하드 럭』이란 작품으로 우리에게 보여주는 세계는 이런 것이 아닐까 싶습니다.

사랑하는 이와의 결별에 뒤따른 뜻하지 않은 화재로 죽은 치즈루(「하드보일드」)와, 결혼을 앞두고 퇴직을 위해 일을 마무리 짓다가 과로로 쓰러져 죽음의 길을 가게 된 언니(「하드 럭」), 그녀들의 죽음을 둘러싸고, 그 죽음을 바라보는 살아 있는 사람들의 다양한 반응, 충격과 아픔과 아쉬움과 죄의식을 그리고 있으니까요.

그들의 죽음은 마치 시간의 꼬리가 뚝 잘려나간 듯한 충격으로 살아 있는 사람에게 다가오지만, 살아 있는 사람에게 시간이란 영원히 멈추지 않는 법이지요. 잘려나가 절대로 이어지지 않을 것만 같았던 시간이, 죽음을 껴안고 다시금 천천히 움직이고 이어져, 삶의 톱니바퀴가 기운찬 소리를 내며 맞물렸을 때, 죽음은 잊혀진 것이 아니라 삶을 풍성하게 살찌우는 체험으로 탈바꿈하고, 충격과 아픔과 아쉬움과 죄의식의 상처는 소리 없이 아물어 삶의 힘이 되어줍니다.

죽은 사람에게는 인식되지 않지만, 산 사람에게 죽음이란 살아 있기에 접할 수 있는 더없이 소중한 생의 한 장면인 것이지요.

2002년 새봄을 기다리며
김난주

옮긴이 · 김난주

경희대학교 국어국문학과를 졸업하고 같은 과 대학원을 수료하였다.
1987년 쇼와(昭和) 여자대학교에서 일본 근대문학으로 석사 학위를 받았고,
이후 오오츠마(大妻) 여자대학교와 도쿄 대학교에서 일본 근대문학을 연구했다.
현재 대표적인 일본 문학 전문 번역가로 활동하며 다수의 일본서를 번역하고 있다.
옮긴 책으로 『키친』, 『하치의 마지막 연인』, 『암리타』, 『아르헨티나 할머니』,
『몸은 모든 것을 알고 있다』, 『티티새』, 『하얀 강 밤배』, 『불륜과 남미』,
『슬픈 예감』, 『왕국』(전3권), 『무지개』, 『데이지의 인생』 등이 있다.

하드보일드 하드 럭

1판 1쇄 펴냄 2002년 3월 10일
1판 40쇄 펴냄 2020년 6월 26일

지은이 · 요시모토 바나나
옮긴이 · 김난주
발행인 · 박근섭, 박상준
펴낸곳 · (주) 민음사

출판등록 1966. 5. 19. 제16-490호
서울특별시 강남구 도산대로1길 62(신사동)
강남출판문화센터 5층(우편번호 06027)
대표전화 02-515-2000 팩시밀리 02-515-2007
www.minumsa.com

한국어 판 ⓒ (주) 민음사, 2002. Printed in Seoul, Korea

ISBN 978-89-374-0382-8 03830

* 잘못 만들어진 책은 구입처에서 교환해 드립니다